L'ÉLYSÉE

DAGUENET,

POËME.

Heureux qui dans les champs, sans besoins, sans désirs,
Voit lentement couler sa paisible existence ;
Qui, près de vrais amis goûtant de doux loisirs,
Dans la paix de son cœur trouvant sa jouissance,
A la Nature seule emprunte ses plaisirs !

Aug. Demesmay, *Solitudes*, XXIV.

VESOUL.

IMPRIMERIE DE C. F. BOBILLIER.

AVRIL 1833.

L'ÉLYSÉE DAGUENET.

L'ÉLYSÉE

DAGUENET,

POËME.

Heureux qui dans les champs, sans besoins, sans désirs,
Voit lentement couler sa paisible existence ;
Qui, près de vrais amis goûtant de doux loisirs,
Dans la paix de son cœur trouvant sa jouissance,
A la Nature seule emprunte ses plaisirs !

AUG. DESMESNAY, *Solitudes*, XXIV.

VESOUL.

IMPRIMERIE DE C.-F. BOBILLIER.

AVRIL 1833.

AVERTISSEMENT.

––––––

Cet opuscule ne peut intéresser que les conci-
toyens et amis de l'auteur qui connaissent le
local. Il a été fait sans autre prétention que
celle d'égayer ma retraite champêtre, et d'amuser
mes convives par des babioles rimées, qui, loin
d'être immortelles, sont destinées à mourir, au
plus tard , avec moi.

Cette production ne valait pas les honneurs
de l'impression; mais un généreux ami et allié,
séduit par les impulsions de l'amitié plus que
par le mérite du poëme, a bien voulu en faire
les frais. J'y ai consenti d'après ses pressantes

DISTRIBUTION.

L'ÉLYSÉE

DAGUENET.

PRÉAMBULE.

Riez, esprits malins, riez de mes travers :
Malgré mes soixante ans, je veux chanter en vers
Mes coteaux, mes vergers, mes champs et ma prairie,
Mes raisins, mon manoir et ma ménagerie ;

Conviant la critique à juger sans rigueur
Les timides essais d'un tout novice auteur,
Qui, de briller au loin n'ayant aucune envie,
Veut jeter quelques fleurs au chemin de sa vie,
Egayer des amis prêts à lui pardonner
Les fautes, les erreurs que l'art peut condamner.

Pour servir Apollon j'ai délaissé Mercure;
Ma retraite au Parnasse est enfin la plus sûre.
En caressant Pégase et lui faisant ma cour,
Comme d'autres je puis le monter à mon tour.
Le Dieu que j'adorais a trahi sa promesse,
Je le quitte en gagnant les rives du Permesse.
J'ose espérer, amis, du succès en ce lieu :
Dites-moi *bon voyage*, et non pas un *adieu*.

Excusez, connaisseurs, mon dessein et mes rimes :
Il faudrait un grand peintre *à des sujets sublimes.*
J'ai tracé faiblement l'esquisse des tableaux,
L'ennui, le temps ont trop affaibli mes pinceaux.
Le chant de ces beautés demandait un Delille,
Dont la muse, toujours si fraîche et si facile,
Aurait de ses beaux vers enchanté vos loisirs,

Et de ses mille fleurs enchaîné les Plaisirs.

Je compose pour rire, et raille sans offense,
Sans maligne satire. Ainsi donc je commence.

CHANT PREMIER.

CRÉATION ET TOPOGRAPHIE;

HORISON.

Au couchant d'un rocher qu'on appelle *Cita,*
Que le fameux César autrefois dévasta
Par le fer et le feu; depuis dix-neuf années,
Innocent, je succède à ce Dieu des armées.
Il occupa la crête (on voit ses camps divers);
Moi, sans funeste plan, j'occupe le revers.

Conquérant plus heureux, la rebelle Nature
A cédé sous mes coups à force de culture.
Contre un flot d'ennemis j'ai longtemps combattu,
Mais jamais l'on ne vit mon courage abattu.

J'ai conquis sans fureur, sans ruses ni cabales,
Armé de mes leviers, de mes pics, de mes cales;
Rien ne m'a résisté : mes fouilles, mes transports
Ont toujours couronné mes généreux efforts.

Il est vrai, j'ai souvent employé le tonnerre [1]
Qui fait trembler les monts, épouvante la terre.
Ce n'était que du bruit : nul mal; les seuls rochers,
Et non le genre humain, encouraient des dangers.

Sous mes humbles drapeaux, enrôlant l'indigence,
A mes joyeux soldats j'ai procuré l'aisance,
Alors que la famine, en ce malheureux temps, [2]
Chassait de leurs foyers les pauvres habitans.

Enfin, par mes travaux, mes soins et ma constance,
J'ai transformé des rocs en un lieu de plaisance.

(1) L'emploi des mines.
(2) En 1817, année de disette.

Maintenant, il est temps de goûter le repos,
De prendre la retraite acquise aux vieux héros.

En brave, assez longtemps, j'ai soutenu la guerre;
A grands frais, j'en conviens, mais je m'en récupère.

Le succès est complet : Bacchus et ses raisins,
Cérès et ses moissons, Pomone et ses jardins,
Commencent à régner dans mon terrain inculte,
De leurs dons largement récompensent mon culte.

Phébus est favorable, et, quoique un peu, tardif,
S'il se fait désirer, il en paraît plus vif;
Semblable à la beauté qui, pour se faire attendre,
Après quelque retard n'en paraît que plus tendre.
Ainsi l'astre du jour soulevant son rideau,
Se prépare avec art à fournir un tableau
Ravissant, enchanteur : c'est celui de l'Aurore,
C'est le Soleil, enfin,..... On contemple, on adore.

Eole dans ces lieux adoucit ses fureurs;
Les Aquilons jamais n'y causent de malheurs;
Leur Dieu même, discret, y retient son haleine,
Et l'on peut, en janvier, y résider sans peine.

Au lieu d'une citerne, en cinq ou six tonneaux,
Je recueille du Ciel les bienfaisantes eaux,
En attendant qu'un jour, sensible à ma détresse,
Une fraîche Naïade étale sa largesse.
Je crois qu'à cet égard mon vœu sera rempli,
Thomas en me vendant l'a trop bien établi. [1]

Le site est montueux et la côte escarpée,
Mais par mille détours la rampe est ménagée;
Des sentiers sinueux, des bancs mis à propos,
Facilitent la marche et partagent le clos;
Des arbres déjà grands présentent leur ombrage :
Nos neveux les verront obtenir un grand âge.

De terrasse en terrasse on atteint la hauteur,
Sans fatigue on parcourt aisément la largeur.
Il est vrai que la vue, adroitement distraite,
Est par divers objets fixée et satisfaite.

Peindrai-je les lointains, les hasards grâcieux
Dont l'Art et la Nature ont embelli ces lieux?

(1) C'est le nom de mon premier vendeur, mon concitoyen et notre Diogène moderne.

DANS mon vaste horison est tout ce qui peut plaire :
Il faut, en le voyant, admirer et se taire.
L'œil étonné s'égare. On découvre à la fois
Des vignobles, des champs, des vergers et des bois,
Des fermes, des hameaux, Vesoul et ses prairies,
La source des ruisseaux, leur cours et leurs saillies ;
Vingt usines ici roulent de toutes parts,
Au moyen de ces eaux, usant de leurs écarts.

Voyez ces beaux vallons, ces vastes pâturages
Où des troupeaux nombreux, sans freins et sans cordages,
Bondissent, librement, au gré de leurs amours :
Paissez, heureux troupeaux, filez-là de beaux jours !

Je ne puis oublier l'aspect de vingt villages,
Jouissant de l'aisance ; autant de paysages,
Où les bosquets touffus offrent aux voyageurs
Ici de frais abris, là des fruits ou des fleurs ;
Où l'animal ailé, dans son genre rustique,
Chante et plaît sans méthode, ignorant la musique.

Nulle monotonie aux plaines, aux coteaux :

Les sites variés semblent toujours nouveaux,
Unis par des chemins dont les contours utiles
Evitent les abords qui seraient difficiles.

Les champs, les prés, les eaux, les vignes, les vergers,
Font contraste à l'ouest avec les vieux rochers,
Qui, recouverts de bois, de mousse et de verdure,
Protègent les trésors d'une riche culture.

Au bas de la forêt est une antiquité,
Un point par les savans longuement discuté,
Une grotte profonde, et qu'on nomme *La Baume :*
A vous Marc, Thirria, Boisson et Delachaulme. [1]

Armez-vous de courage, allumez vos flambeaux,
Evitez les filets et la chûte des eaux ;
Ayez de l'amadou, le briquet et la pierre,
Allumettes, lanterne, enfin de la lumière ;
Pour ne pas dévier dans ces antres obscurs,

(1) Les quatre principaux naturalistes de la Haute-Saône.

Placez quelques jalons, ayez des chemins sûrs;
Pourvoyez-vous de vin, au moins une fiole;
Surtout n'oubliez pas votre utile boussole.
En sondant ces secrets ne perdez pas le nord,
Pénétrez jusqu'au fond, et revenez d'accord.

Enrichissez, docteurs, l'histoire naturelle :
Nous en jugerons mieux la thèse universelle.
Faites un riche choix des divers minéraux,
Des ossemens caducs des jadis animaux;
Débrouillez le passé, devinez l'avenir,
De la postérité gagnez le souvenir.

A MILLE pas d'ici, regardez sur la gauche :
Le sol est sec, ingrat; cependant on y fauche
Et des pois et du trèfle. Au devant du hameau,
Deux doigts indicateurs, sculptés sur un poteau,
Dirigent l'étranger sur deux routes publiques.
Les passages fréquens y sont par fois comiques.
Des toits hospitaliers s'offrent aux voyageurs,
Ils sont le rendez-vous des matinaux chasseurs.

Autrefois ce hameau n'était qu'une cabane,
Au milieu de chardons, d'épines, de bardane;
Sur le bord d'un fossé, très-chétif cabaret;
On y buvait, à peine, un petit vin clairet;
Pauvre restaurateur de la triste indigence,
Et voilà d'où lui vient le nom de *Providence*.
Ce cabaret n'est plus. Remarquez maintenant
Edifices nouveaux et terrain attenant;
Admirez vaste cour, riante métairie,
Grand hôtel au besoin, commode bergerie,
Salubres bâtimens abritant les troupeaux
Qui croissent chaque année et donnent cent agneaux.
Vous les voyez brouter sur toutes ces collines,
Se nourrissant des fleurs et des herbes voisines.
Les sifflets du berger, l'aboiement de son chien,
Les bêlemens, voilà concert quotidien.
Ce berger est instruit, sa famille intéresse;
La fortune lui vient, le suit et le caresse.

C'est assez de *Jacob*; [1] parlons de son voisin,
Qu'on surnomme *Coulis*, qui, sans être bien fin,
Sait nourrir, élever sa nombreuse famille,

(1) C'est le nom du berger.

La former au travail des champs et de l'aiguille.
Sa petite maison, sa vigne et son marteau,
Voilà ce qu'il possède, et pour être au niveau,
Maçon de son état, il faut que, sans relâche,
Il gagne quelqu'argent à remplir quelque tâche.
Depuis vingt ans et plus je l'occupe au besoin,
Il a fait tous mes murs avec zèle et grand soin;
Toutes ses qualités me servent à merveille;
Aussi connaît-il bien la petite bouteille. [1]

N'ÊTES-VOUS pas frappés de ces fréquens *tic-tac*
Qui nous cassent la tête, ébranlent l'estomac?
Dix moulins font ce bruit, tamisant la farine.
Vous devinez : c'est donc *Echenoz-la-Meline*,
Ses cascades tombant sur d'énormes cailloux,
Ses modestes ruisseaux à murmures plus doux.
Son vignoble étendu, sa campagne fertile,
Fournissent aux besoins de la prochaine ville.

L'habitant est paisible, actif, industrieux;
Il est aisé pour peu qu'il soit laborieux.

[1] On connaît mon usage d'encourager les ouvriers exacts par
quelque gratification.

Peu de mendicité, très-rare est la misère,
Et je sais que souvent on y fait bonne chère.

Comme chez la fourmi, remarquez les amas ;
Les femmes, les enfans, ne les voyez-vous pas,
Portent soigneusement toute denrée à vendre,
Au marché du matin empressés de se rendre :
Avec de petits riens on se fait grand argent.
Ce sont des échalas, ou paquets de sarment,
Résidus de la vigne, avec les vieilles souches,
Les précoces replants extirpés de leurs couches,
Les saules et les fleurs, les légumes, les fruits,
Des jardins et vergers les abondans produits,
Le laitage, le beurre ainsi que la volaille,
Les cendres, et le tuf, et les bottes de paille,
Le fromage, les œufs, les paniers de raisins
Soustraits à la vendange, aux dépens de leurs vins.

Pendant que les maris aux plus grandes affaires
Donnent journellement tous les soins nécessaires,
Les femmes, en détail, font les menus travaux
Qu'un ménage commande, et soignent les berceaux.

La chaleur ou le froid, le vent, même l'orage,

Ne peuvent empêcher l'économe village
D'exploiter son Vesoul, d'y pomper des profits.

Cinq chemins, pour transports habilement construits,
Offrent aux chars pesans une commode voie,
Sans compter maints sentiers qu'à son choix on emploie.

Bref, il faut que ce lieu soit un charmant séjour,
Car de nouveaux venus-s'y fixent chaque jour;
Enfin cet Echenoz mérite une couronne,
Puisqu'il est préféré des amis de Bellone.

Au midi du village observez, s'il vous plaît,
Un site merveilleux que la Nature a fait.
Au pied de rocs à pic s'échappent mille sources,
Dont les limpides eaux offrent tant de ressources
Aux plaisirs, au bétail, aux hommes, à leurs arts1
Ah! pour en profiter pourquoi tant de retards?
Pourquoi? Notre clergé, convoitant la richesse,
Des peuples en tout temps exploita la faiblesse.

C'était un prieuré fondé par nos ayeux,
De nombreux pèlerins y venaient pour des vœux.

A PRÉSENT même encore, au lendemain de Pâques,
On le fréquente en foule, on y voit Pierre et Jacques,
Gastronomes joyeux, précédés de paniers
Avec soin recouverts, défilant par milliers.

Les filles dans la plaine étalent leur cuisine,
Dévotement chacun veut avoir sa voisine;
On mange, on boit, on rit, on danse avec fureur,
Et l'on manque le but de la sainte ferveur.

Convenons-en pourtant, il faut de la franchise,
Quelques groupes dévôts débutent par l'église;
De tendres mères vont prier pour leurs enfans,
Pendant que les maris, cette fois complaisans,
Prépareront la place où doit être la table,
Pour qu'elle soit commode et surtout agréable.

Ah! choisissez, Messieurs, les bords d'un clair ruisseau,
Pour aux grands flots de vin ajouter un peu d'eau,
Sans quoi vous risquerez, en honorant la Vierge,
De perdre la raison qu'elle préfère au cierge.

Ainsi choisissent-ils. On voit mille repas
Etablis à midi de cent pas en cent pas.

Les uns, peu fortunés, n'ont qu'un pain, du fromage,
Avec du vin nouveau, peut-être *pressurage ;*

Les autres, moins gênés, ont fait bouillir le pot,
Ils ont un jambon frais et le petit gigot ;

Enfin les plus huppés ont gibier et volaille,
Tout ce qu'on a de mieux en fine victuaille ;
Le moindre de leurs vins est celui de vingt-deux,
Sur la fin du repas on en boit du plus vieux.

Arrive le désert : fruits et pâtisserie,
Confiture, compote, et massepinerie ;
Alors vient pétiller le généreux vin blanc,
Qui fait briller l'esprit et rend le cœur plus franc.

Un rusé mendiant aux tables se présente ;
On lui fait bon accueil ; enfin on le contente,

On lui remplit son sac de mille résidus :
Il vivrait quinze jours avec ces superflus ;
Mais ce vil imposteur, suppliant jusqu'à terre,
Pour gagner sa gageure a singé la misère.
Il invite à dîner ses voisins pour mardi,
Tout se mange en un jour, et tous ont applaudi. (1)

Revenons aux festins des êtres fortunés
Qui buvaient du vin blanc à ces pieux dînés,
Dans cet heureux état d'un aimable délire,
D'un abandon complet que le vin sait produire.

Laissons-les *plus æquo* (2) boire et déraisonner,
Regardons leurs enfans gentîment badiner ;
L'appétit satisfait, ils ont quitté la table :
L'enfance en ce moment est la plus raisonnable.

Pendant que l'innocence, en foulant le gazon,
Libre de tout mentor, jouit de la saison,

(1) Fait arrivé tel quel, et non d'invention.
(2) Je dis, pour les dames, que *plus æquo* signifie *outre mesure*.

Les buveurs, ennemis de la mélancolie,
Chantent à l'unisson les plaisirs de la vie ;

D'un vif enthousiasme alors étant saisis,
Entonnent des refrains joyeux et bien choisis :
C'est Bacchus, c'est l'Amour, même la politique,
C'est la guerre, la paix, même la république ;
Les couplets, variés et très-savans par fois,
Vantent les droits du peuple et gourmandent les rois.

Vient enfin le café, ce baume de sagesse,
Ce bienfaisant nectar qui dissipe l'ivresse,
Ramène la raison, et qu'Hébé dans les cieux
Versait à pleine coupe aux gastronomes Dieux.

Aussi chacun en prend pour ne pas rester ivre,
Pour penser, bien parler et garder l'équilibre.

Soignez bien cet état. Quand viendront les liqueurs,
Prenez-en sobrement, et craignez les malheurs
Qu'enfante ce poison et les maux qu'il distille.
Surtout qu'à mes amis cet avis soit utile. [1]

(1) Pour un ami qui en offre trop pressamment.

Le long des prés fleuris, au bas de nos coteaux,
On ne voit que des jeux, des ris et des rondeaux.

Les Plaisirs, les danseurs, ainsi que leur musique
Commencent à fléchir, l'heure devient critique;
La jeunesse murmure, et les vieux, montre en main,
Disent qu'il faut aller chercher le lendemain.

Enfin le Soleil fuit, le crépuscule approche,
On entend l'*Angelus* annoncé par la cloche.
On veut se réunir, grands cris de toute part,
Et les groupes formés songent à leur départ.

Les danseuses alors, actives et légères,
Congédient les amans et quittent les fougères.
On recueille le linge imprimé de ragoûts
Et timbré par Bacchus grand fabricant de fous,
Les verres, la vaisselle, ainsi que les bouteilles
Veuves du contenu. Quelles tristes corbeilles!

Ce n'est qu'un vide affreux, car tout est englouti.
On ne voit aucun reste; aussi tout est parti.

Au revoir, pèlerins, que Dieu vous ait en garde !
Est-il content de vous ? Ah ! cela vous regarde.
Très-fervens dans la joie, aux plaisirs empressés,
Les ayant obtenus, vous êtes exaucés.

C'est ainsi qu'aujourd'hui tout est mis à la mode;
Oui, chacun est dévôt, mais selon sa méthode.

Dans la fête du jour ne soyons pas acteurs,
Pour le mieux, il suffit d'en être spectateurs.

Ainsi pensent les grands, les gens de haut parage;
C'est à qui montrera le plus riche équipage,
Le plus beau phaéton, le plus joli cheval;
Magistrats, officiers, préfet ou général,
D'une heure de gaîté convoitant la conquête,
Parcourent les chemins qui partagent la fête;
Puis tous, dans leurs salons retrouvant leurs ennuis,
Regrettent ce spectacle, et sont de mon avis.

Dans ce vieux prieuré, voici d'autres miracles:
Un jeune industriel applanit les obstacles;

Par sa vaste huilerie il veut nous éclairer;
Par sa ribe bientôt il pourra préparer
Et le chanvre et le lin. Des forces hydrauliques
Doubleront les produits, seront économiques.
Un rouage savant, soumis au cours de l'eau,
Va scier force tuf; et ce moyen nouveau,
Mécanique très-simple, adroitement construite,
En ménageant les bras, nous servira plus vite.

Tous ces hardis essais me font pronostiquer
Qu'un jour ce beau vallon se fera remarquer
Sous le rapport des arts, autant que par la vue,
Si le jeune Louvot revient et continue; [1]

Sans parler des rivaux qui, voyant ses progrès,
L'imiteront, sans doute, avec quelque succès.

En un mot ce local, qu'on appelle *Solborde,*
Paraît une féerie à quiconque l'aborde.

Près de là, loin du bruit (comme on vit autrefois,
Dans les pays thébains, au centre de nos bois),

[1] Le jeune Louvot a quitté un moment ce local pour suivre une entreprise de houillère en Bourgogne.

Vous voyez de *Brident* le nouvel hermitage;
Il est aisé, son goût l'éloigne du village.

Sous le chaume, en silence, il adore son Dieu;
Les images des saints se plaisent en ce lieu.
En travaillant il prie, et dans sa maisonnette,
Selon son réglement, vit en anachorète.
S'il n'en a pas l'habit, il en a les vertus,
Et sans quitter le monde, il ne le cherche plus.
Vous trouverez chez lui tout ce qui peut lui plaire;
Voici le mobilier du nouveau solitaire :

Deux sellettes de bois, une cruche, un ballet,
Plus un poële rouillé, qui manque d'un soufflet.

Une armoire contient ses hâillons, ses guenilles,
Comme tous ses effets à parures gentilles.

Un rayon cironné, mal fixé, mal uni,
Dans un coin ténébreux et pauvrement garni,
Qui supporte une lampe et quelques allumettes.
Son pouce avec l'index lui servent de mouchettes.

Ses lunettes, un verre, un livre d'oraisons,
Son *Messager-Boîteux* prédisant les saisons;

Son pain, trop souvent sec, quelques bouteilles sales,
Tous ses divers outils, des sabots, des sandales;

Deux fémurs humains, une tête de mort,
Enfin un crucifix. En priant il s'endort.

Son lit est de sarment, car la paille est trop douce;
Contre le froid, le vent, il recourt à la mousse.

Pour toute couverture, il n'a que des lambeaux,
Et les trois pans de mur lui servent de rideaux.

Quant à son caractère, il paraît très-affable,
Sans rudesse pieux, on le dit charitable.
Son terrain lui fournit des fruits et du raisin,
Au milieu d'un vignoble, il ne boit pas de vin.

Ne mangeant point de chair, il est constamment sobre.
A vivre en indigent il ne voit pas d'opprobre.

Ne croyez pas, pourtant, qu'une triste pâleur
De son visage frais altère la couleur :
Il a de l'embonpoint ; déjà sexagénaire,
Il est fort, il excelle en tout travail agraire.

Mais des amours humains ignorant le délire,
Le beau sexe sur lui n'a jamais eu d'empire ;
Célibataire franc, et sans être béat,
Il est pur, il est juste et chaste sans éclat.

De noms injurieux si quelqu'un le baptise,
Il le plaint, il en rit, dédaignant la sottise.

Si pareille conduite est un tissu d'erreurs,
Comment nommerons-nous tout ce qu'on voit ailleurs ?

Moi, je dis que cet homme à plusieurs fait envie,
A son penchant honnête il consacre sa vie.
Cessez donc de blâmer. Imitez ce *Brident*,
Qui raisonne très-bien et qui vit sagement ;

Ne traitez plus sa tête ou de *folle* ou de *chaude:*
Si vous le baptisez, nommez-le *frère Claude.* [1]

Visitez-le, Messieurs, vous serez satisfaits;
Veuillez examiner, vérifier les faits.
Pour les gens de plaisir il n'est pas formidable,
Quoique près du chemin de la *Fontaine-au-Diable*,
Où vous allez souvent dissiper vos ennuis,
Noyer vos grands chagrins et vos menus soucis.
Où l'on voit tant de fous, (singulier voisinage!)
Soyons charmés, au moins, de rencontrer un sage.

Que ne puis-je chanter tous les divers objets
Qui produisent l'extase en changeant les aspects
Qu'un immense horison contient et développe?
L'œil est insuffisant, il faut un télescope.

(1) Son nom est *Jean-Claude Brident.*

CHANT SECOND.

LA ROUTE PUBLIQUE

DE VESOUL A BESANÇON ET GRAY.

On ne peut supporter trop de ravissement :
Ces magiques lointains quittons donc un moment.
Fatigués de plaisirs, rapprochons notre vue.
La route est un sujet; passons-en la revue.

Distante de cent pas, elle présente aux yeux
Tout ce qui peut distraire. Accourez, curieux.

Dix chars par jour, remplis d'autant de républiques,
De gens de tous états, habiles politiques,
Défileront dix fois, et non sans critiquer;
Têtes à la portière, ils vont me remarquer.

« Quel est ce fou, dit l'un, qui range tant de pierres?
» C'est donc pour les renards qu'il bâtit des tannières!
» Pour se loger ainsi, quelles sont ses raisons?
» Ah! qu'il aille, dit l'autre, aux Petites-Maisons!
» Depuis seize ans on plaint sa frivole constance;
» On croit qu'il déraisonne ou qu'il tombe en enfance.
» Il va se ruiner.... C'est dommage pourtant :
» Quoiqu'un peu royaliste, on le dit bon vivant. »

« — Passez, Messieurs, passez, faites votre voyage.
» Vous me croyez un fou : c'est moi qui suis le sage.
» Vous courez après l'or, ou briguez quelqu'emploi?
» Chacun en ce bas monde y travaille pour soi.

» Peut-être, de plus près, j'aurais plus à vous dire,
» Mais vos secrets coffrés évitent la satire ;
» Qui vous démasquerait, car plusieurs d'entre vous
» Rougiraient si leurs cœurs étaient connus de tous. »

Finissons sur ce point, critiquons les voitures.
Les soupentes de bois les rendent toujours dures.
Souvent en quelqu'endroit les châssis sont brisés
Et par fois dépourvus de leurs carreaux cassés,
Qui, livrant tout accès aux grands vents incommodes,
Aux chaleurs, aux frimats, selon leurs périodes,
Vous donnent, en tout temps, des rhumes de cerveau :
Mettez donc un mouchoir en forme de rideau !

Il faut avec échelle atteindre les portières ;
Les énormes brancards, victimes des ornières,
Sautent, et les coussins, mal garnis de vieux foin,
Poussent les voyageurs tout meurtris dans un coin.

Ces équipages sont des maisons ambulantes,
A réparer sans cesse, et deux fois trop pesantes :

Aussi pour les traîner deux restes de chevaux
Succombent. Dans leur sort ils ont par trop de maux !
De les charger ainsi quelle est donc l'injustice !
Employez-en donc quatre à faire ce service !

Les harnais recousus sont dignes des pa trons.
S'ils cassent fréquemment, on a cuir et poinçons.

Don Quichotte, jadis, avec sa Rossinante,
Courait, ainsi monté, l'aventure galante.

Cependant ces chevaux et ces trains périlleux,
Qui méritent respect en qualité d'ayeux,
Dans leurs prompts mouvemens surpassent toute attente;
Ils vont toujours grand trot, mais c'est à la descente.

Voyant les conducteurs ivres dès le matin,
On juge que ces chars sont conduits par le vin.
C'est pourquoi très-souvent arrivent des culbutes,
Trop heureux si l'on n'est que blessé de ces chûtes.
A telle cabriole, adieu tous les couplets,
Et malheur aux martyrs de ces cabriolets.

Accourt un phaéton tout brillant et tout riche,
Mollement suspendu, léger comme une biche.

Vigoureux, à tous crins, deux superbes coursiers,
Les yeux étincelans, galopent volontiers;
Avec luxe attelés, ne craignant que les brides,
Ils vont à perdre haleine, obéissent aux guides.

Le cocher sur son siége est tout chamarré d'or,
Lui seul, ainsi paré, vaut un pesant trésor;
Sur son trône élevé, son héroïque mine,
Son front majestueux prouvent son origine;

A la beauté des traits et de son teint vermeil,
Nous le reconnaissons pour le fils du Soleil.

Gouvernez, Monseigneur, avec zèle et prudence,
Sans quoi vous risquerez une tragique chance :
Du céleste séjour vous serez renvoyé,
Et par arrêt des Dieux vous serez foudroyé. [1]

(1) Allusion au procès des ministres en 1830.

Se traîne un malheureux, taché, sali de bouc,
Qui stimule deux bœufs, en poussant à la roue,
Son sarrau déchiré. C'est un petit fermier;
Pour amender ses champs, il conduit du fumier;
Avec plus d'avantage, il l'achète à la ville.
Son domaine est étroit, il faut qu'il soit fertile,
Pour en payer la rente et nourrir ses enfans.
Désirons le succès de ses travaux constans.

Un autre char le suit, on ne peut s'y méprendre,
Celui d'un gros fermier : que voulez-vous lui vendre?

Chaque année il achète au moins un bon journal;
Il a dans sa malbrouk quatre bœufs, un cheval.
Il fait claquer son fouet, un dogue le précède,
Son regard animé dit tout ce qu'il possède.

A grand prix à la ville il a vendu son grain;
Assis et fort gaîment il en revient grand train.

Il a bientôt atteint son voisin, pauvre diable;
Il lui prête deux bœufs, œuvre très-charitable.

C'est ainsi qu'il prospère. Il oblige en chantant :
Ah! que tout riche au pauvre en fasse donc autant!

Voila le cantonnier, casquette jaune et ronde;
Près de lui son piqueur, en passant qui le gronde.

« Corrigez cette écharpe et donnez plus de fond;
» Ce chevron n'est pas bien, il est un peu trop rond;
» Creusez mieux ce fossé, tenez-le donc plus large.

» — Mais, Monsieur, le voisin se fâchera, je gage.

» — Peu m'importe, il suffit, ne me répliquez pas;
» D'être ainsi complaisant ce n'est ici le cas.
» Inspectez les sabots, et visitez les plaques.

» — J'y perdrais mon latin, j'y gagnerais des claques.

3

» — Un grand arbre était là , je n'y vois plus qu'un tronc ;
» Point de procès-verbaux : eh ! que faites-vous donc ?

» — Je fais ce qu'on me dit , et je soigne ma route.

» — Vous avez des amis, bien protégés sans doute ?

» *Des amis,* c'est bien sûr ; *protégés,* pas du tout.
» Mais des premiers , Monsieur , j'en rencontre partout.

» — Oh ! quel impertinent ! Où gît donc votre enseigne ?

» — Quand vous pouvez la voir , faut-il que je l'enseigne ?

» — Arrangez mieux ce mètre et cassez plus menu.

» — Mais enfin…. le chemin est-il entretenu ?
» De suivre vos avis je n'ai pas grande envie.
» Faut-il, ainsi vexé, passer toute ma vie !

» — Qu'appelez-vous, *vexé ?* Faites votre métier ,
» Et jamais à demi ; faites-le tout entier !

» — Je le connais, je crois, depuis longues années ,
» Le soin de mes travaux occupe mes pensées.

» — Votre travail est court, votre repos trop long.

» — A me trouver des torts votre esprit est fécond.

» — Vous êtes un mutin, toujours une riposte.
» J'en instruirai nos chefs, et gare à votre poste. »

Il se tait de colère. « Appaisez-vous, piqueur !
» En été, sur son front, voyez-vous la sueur?
» Transi, pendant l'hiver, il souffre d'engelures,
» A ses pieds et ses mains j'en ai vu les enflures.

» Ne le dénoncez pas, craignez son désespoir.
» Quand vous aurez vu *Blanc* [1], ne le faites pas noir.
» De tous les gens de bien il possède l'estime :
» D'un léger manquement ne faites pas un crime.

» Selon le temps, les lieux, ayez quelques égards,
» D'un délit rarement punissez les écarts ;
» Avertissez d'abord, et sans humeur trop dure,
» Conciliez vos droits avec l'agriculture. »

(1) C'est le vrai nom propre du cantonnier.

Entre ses vieilles dents le grondeur grommelant
Part, avance vers Marche [1] en répéter autant.
Au coin de mon terrain, l'ayant perdu de vue,
Je ne puis raconter la nouvelle entrevue.

Quittons ce vieux routier, sa querelle avec *Blanc*:

A dix toises plus bas arrive un char-à-banc.
Cette voiture simple est légère et commode,
L'économe bourgeois en a gardé la mode.

Jadis, adroitement, il a su l'inventer,
Pour éluder des droits, courir sans s'arrêter.

Le fisc, toujours avide, imposait la soupente,
La planche de sapin a trompé son attente.

Ce genre aura bientôt conquis tout l'univers,
Tous les pays voudront voyager en travers;

[2] C'es le nom du cantonnier voisin et plus haut.

Mais gardons que ces chars versant sur leurs portières,
Ne deviennent, hélas! fatales souricières. [1]

Quels sont ces cavaliers bien montés, attentifs?
C'est la gendarmerie à regards très-furtifs.

Pour connaître son but, ne l'interrogez pas :
A demande indiscrète elle ne répond pas.

Elle est l'effroi du crime, et fait bonne police;
Son zèle ingénieux seconde la justice.

Son courage connu ne craint aucun danger,
Elle obéit à l'ordre et n'y veut rien changer.

De prévenir le mal d'abord elle s'efforce,
Elle raisonne avant que d'user de la force;
Et si pour le méchant elle a quelque rigueur,
C'est par amour de l'ordre, et toujours sans fureur.

(1) Allusion à la révolution tentée en Pologne.

QUEL est cet étourdi qui vient à toute bride,
Fier de son *Bucéphale*, et d'éloges avide?

Pour voir une culbute, attendons un moment,
(C'est ainsi quand on court inconsidérément).

Un vigneron passant agite sa courroie;
L'animal bondissant, recule et se dévoie.

Le jeune homme en danger, à nos inquiets regards,
Ne peut plus résister à deux ou trois écarts;
Il tombe enfin, confus, suant plus d'une goutte,
Et voilà le fringant étendu sur la route.

Heureusement pour lui, l'honnête vigneron
Relève, en le plaignant, le jeune fanfaron.
Ce n'est rien, lui dit-il : (eh! qui pourra le croire?)
Je suis bon écuyer.... Acceptez ce *pour-boire*.

QUEL est ce mal monté qui vient au petit trot,
Qui voudrait, mais en vain, faire un temps de galop?

Il est assis à poil, il n'a ni selle ni bride,
Mais un bâton noueux, un grand licol pour guide;
Il meurtrit de ses coups les flancs de son cheval,
En jurant, maudissant l'innocent animal.

Admirez son emplette, il revient de la foire;
S'il a fait ce marché, c'est à force de boire.

Aussi chancelle-t-il, sans doute il tombera,
Et Dieu seul a prévu comme il arrivera.

Voyez dans le lointain nombreuse cavalcade,
La garnison sortant vient à la promenade.

Les chefs sont en avant, les simples cavaliers
Chantent, les uns l'Amour, les autres les guerriers;
Leurs couplets sont fort gais, sans fiel et sans malice;
Ils nous prouvent du moins qu'ils aiment le service,
Qu'au besoin le pays et notre auguste Roi,
De ces braves Français trouveraient bon emploi.

Voici de cent chevaux une éternelle file,
Obéissant aux lois d'un conducteur habile.

Cette bande est superbe. Un noble rejeton
De l'illustre *Moïse*, bien connu du canton,
Veut à *son* juste prix en céder aux pratiques,
Comme on voit à *Vesoul* dans toutes les boutiques.

Voulez-vous du Normand, voulez-vous de l'Anglais?
Croyez-le sur parole, il ne trompe jamais.

C'est pourquoi lestement il a fait ses affaires :
Les tares, les défauts ne lui sont pas contraires.

Quelques bêtes, parfois, ont de trop longues dents,
Mais pour les rajeunir on connaît ses talens :
Il les lime avec art, quand il faut les revendre;
Le plus fin acheteur pourra s'y laisser prendre.

Pour mieux masquer la pousse, il marche lentement,
Ne veut pas que les flancs soient trop en mouvement.

Pour chaque maladie il connaît la recette ;
Il sait, fort à propos, composer leur toilette :
De coutil, d'écarlate il les coiffe très-bien,
Et de la marguerite on ne voit jamais rien.

Sous ce déguisement on est sûr de la vue,
On voit toujours les yeux, elle n'est pas perdue.

S'il a de vrais rebuts (et c'est à lui permis),
Il en connaît la place, il en sert des amis.

Voyez ce percepteur et sa riche besace.
Plusieurs, pour la remplir, ont fait triste grimace.
Fléchissant sous ce poids, il ne peut voyager,
Mais, bientôt, son patron saura le soulager.

A son retour fâcheux, de nouvelles visites,
Son tambour effraira ceux qui ne sont pas quittes ;
Et son énorme sac de nouveau se gonflant,
Il viendra, chaque mois, en repomper autant.

D'un commerce hasardeux il ne craint pas les chances,
Il est, dans sa limite, un héros en finances.

Sa caisse impitoyable attire les métaux,
L'or, l'argent et le cuivre encombrent ses bureaux.
Tout impôt court chez lui : les portes et fenêtres,
Même le moindre jour dans nos maisons champêtres;
Patentes, personnel et l'énorme foncier,
Et le mobiliaire atteignant le rentier;
Le prix de la futaie et ceux des affouages,
Les amendes pesant sur nos pauvres villages.

De ces deniers publics il n'a que l'entrepôt,
Et quand ils sont perçus il les verse aussitôt,
Après avoir payé, selon vieille coutume,
Contre mandat du chef, les frais de la commune.

Sa recette est donc juste et conforme à la loi;
L'Etat qui nous protège est chargé de l'emploi.

Quand à ses *non-valeurs*, il n'y compte plus guères,
Envers les malheureux, cruelles sont les guerres.
Qu'il les ménage donc, on le respectera !
Qu'il les aide au besoin, et Dieu le bénira !

Voici dès le matin, très-vif et très-agile,
L'homme au petit bâton; un autre qui trotille.
Ces fameux officiers convoitent des exploits.
Je les connais, tous deux sont sûrs et fort adroits.
Ils vont signifier, saisir, laisser copie,
Assigner, répliquer; voilà toute leur vie.

Manière[1], un demi-tour, et montez droit ici !
A vous signifier j'ai quelque chose aussi.
Vous connaissez l'affaire, et vous savez surtout,
Qu'ici je vous attends pour vous payer un coup.

Du retard imprévu vous n'aurez pas querelle;
Un répit aux cliens vaudra toujours mieux qu'elle.

Deux ivrognes joyeux ont gagné leur procès,
Ils ont par trop de vin célébré leur succès.

[1] C'est le nom d'un huissier réputé à Vesoul.

Aux touffes de rubans flottant sur leurs épaules,
On reconnaît les us. de nos antiques Gaules.

Ces rubans seront blancs tant que les noirs chapeaux
Resteront sur la tête, éviteront les eaux
D'une fange bourbeuse, ou d'une sâle ornière.
De trébucher souvent connaissant la manière,
La route ici n'a pas suffisante largeur ,
Plus loin, rétrogradant, ils blâment sa longueur.

Le procès est gagné, mais adieu l'équilibre,
Messieurs, faites-leur donc des chemins de calibre !

Deux autres moins heureux au palais de Thémis,
Ne sont plus si joyeux qu'ils se montraient jadis.

On les voit tristement cheminer sur la route ,
Et la tête baissée annonce leur déroute.
Ils paraissent à jeûn , se plaindre avec aigreur ,
Murmurer, blasphémer contre le procureur.

Comme il nous a trompés, cet homme d'humeur dure !
L'avocat l'a bien dit : *l'affaire n'est pas sûre.*
En vain, pour réussir, nous avons, en huit jours,
Galamment épuisé toutes nos basses cours;
Lui seul, ingrat, perfide, acceptait nos volailles :
Faut-il avoir besoin de pareilles canailles !

Le pire est d'en finir, il faut payer les frais,
Jeter là nos écus destinés aux engrais.

Une autre fois, ami, proposons des arbitres;
Ils nous jugeront bien, appréciant nos titres.

Par accord, évitons la chicane, on le peut;
Redoutons le Palais, n'y gagne pas qui veut.

Furieux, un soldat sort de cette taverne;
Là règne la débauche, et Bacchus y gouverne.
Sa maîtresse le suit, il lui donne un soufflet;
C'est ainsi qu'il la traite après chaque banquet.

Un camarade vient pour venger la donzelle,
Le tendre amant succombe, et gare à sa cervelle.

Le patron, effrayé du combat imprévu,
Accourt et veut le prix du vin que l'on a bu.
J'ai payé mon écot, dit le blessé. — La plaie
Ne peut payer le vin, il faut de la monnaie.

Oh ! réplique Manon, je sais qu'ils n'en ont pas,
Mais comme ils sont ici par goût pour mes appâts,
Ramassez, en paiement, ce bonnet de dentelles.

Pour traiter d'une paix vivent ces demoiselles !

Voyez cette laitière, accourant au marché,
Une autre qui revient avec argent caché. [1]

De Lise la beauté ferait tourner la tête,
De Manon la laideur serait pauvre conquête.

[1] On sait que les femmes de campagne cachent leur argent dans le coin d'un mouchoir.

La belle arrive tard, mais a bientôt vendu;
La laide est marchandée, et c'est du temps perdu.

Lise a la taille riche, est dans la fleur de l'âge;
Sa marche est grâcieuse, légère, et son corsage,
Ignorant la baleine, est d'un goût achevé;
Ainsi que Roxelane, elle a nez relevé.
L'arc de ses noirs sourcils, œuvre de la Nature,
Est touffu, convoité par la riche parure.
Il ombrage son front, tempère ses regards,
Ennoblit tous ses traits, commande les égards.
Ses dents sont au complet, plus blanches que l'ivoire,
De ses cheveux d'ébène elle peut faire gloire.
Le vermeil de sa bouche appelle les Plaisirs,
Et son haleine pure enflamme les Désirs.
Son teint peut défier et la rose et la neige,
L'albâtre, le lait frais, sans fard et sans manége.

Le feu de ses yeux vifs nous charme et nous séduit;
Leur tendresse encourage; en l'aimant, on la suit.
Sa main, à doigts mignons, est douce et potelée;
Sa mise, simple et propre, est partout signalée.

Sa jupe claire, courte et garnie alentour,
Laisse voir jambe et pied dessinés par l'Amour.

MANON, dans son printemps, est commune et grossière,
A hideuse tournure, elle a l'humeur altière;
Sa taille ramassée en sa courte grosseur,
Fait ressortir à l'œil son énorme épaisseur.

Sous un buste massif, sa démarche est pesante,
Ses faux pas quelquefois la rendent amusante.
Voyant ce bloc informe accélérant le pas,
On fuit le ramassis de grotesques appâts;
Sa maladroite main brise outils et vaisselle,
Un ménage, un jardin, sont tremblans devant elle.

Je ne décrirai pas sa figure en détail,
Car ma plume s'arrête à cet épouvantail;
Je n'en dirai qu'un mot, pour ne pas vous déplaire :
Voyant une beauté, supposez le contraire.......

Au nez de mon laidron, à sa bouche, à ses yeux,
A son menton, son teint, faisons donc nos adieux.

De ma Lise admirez le minois et les grâces,
Et plaignez de Manon les fatales disgrâces.

Aussi dit-on que l'une a le choix des amans,
Que l'autre, avec dépit, les attendra longtemps.

QUELS sont ces tourbillons et ces flots de poussière,
Qui semblent au soleil disputer la lumière?

Ce sont des groupes gais, convoqués par la loi,
De jeunes citoyens prêts à servir le Roi.

Leurs plumets vacillans, ils marchent en désordre;
Les uns de leur départ n'attendent plus que l'ordre,
Et chantent les combats, se croyant des héros;
Les autres, libérés, chantent leurs numéros.

On voit un peu plus bas les pères et les mères,
Les oncles et les sœurs avec les jeunes frères,
Les maires, les tuteurs, les amis, les voisins,
Faisant bandes à part, couvrant tous les chemins.

4

(Une mère.)

Qu'allons-nous devenir avec tout notre ouvrage !
Mieux valait du renfort et faire un mariage !
Il faudra maintenant, au déclin de la vie,
Etre seuls et subir la chaleur et la pluie !
Faut-il, après vingt ans de soins et d'embarras,
Voir ainsi nos enfans exposés au trépas !

(Un maire.)

« Mes amis, pourquoi non ? n'est-ce rien que la gloire ?
» Vos enfans sont Français, chéris de la Victoire.
» Défendre ses foyers, repousser l'ennemi,
» Par son courage, enfin, voir l'Etat affermi,
» C'est plaisir, c'est devoir. Qui sert bien sa patrie
» Est révéré partout, chacun lui porte envie.
» Laissez-les donc partir, éloignez tout effroi,
» Sollicitez plutôt rang au premier convoi.

» Admirez ces guerriers [1] : courant la même chance,
» Ils ont par leur valeur illustré notre France.
» Montrez-les à vos fils ; dans huit ans revenus,
» Ils seront décorés, vous ne pleurerez plus. »

(1) Montrant des décorés.

A la voix de l'honneur on voit tarir les larmes,
Un consolant espoir remplace les alarmes.

Au bas de mon chemin, voilà..... des charlatans ?
Non, mais encore pis : ce sont des Catalans.
Ignorans et grossiers, qui, sans ressource aucune,
Privés de tout état, de science commune,
Vont parcourir l'Europe avec des animaux,
Malheureux, asservis, dotés de tous les maux,
Que la force brutale et la vile avarice
Ont réunis sur eux, spéculant sur le vice.

Remarquez ces deux ours, cet énorme chameau,
Ces singes et ces chiens habillés à nouveau
De toutes les couleurs et coëffés à la mode,
(Car pour plaire en public, c'est la bonne méthode).

Voyez dans le sentier ce sale troubadour,
Chargé de sa musette et du petit tambour.

Au bruit de cet orchestre accourt le peuple en foule;
Pressé sur une place, un grand rond le refoule.

Surgissent les danseurs : les fouets et les bâtons,
Les ont rendus soumis, doux comme des moutons.
Adroits instituteurs ! la féroce menace
Suffit déjà sans coups, un signe les remplace.

Le caissier de la troupe alors se met en train
De demander le sou, le chapeau dans la main.
La recette encaissée, enfin on se retire,
La musette se tait, mais le sage va dire :

« Tous voyageurs suspects, triste ménagerie,
» Parasites sujets; la route est leur patrie.
» Curieux, indiscrets, gardez donc votre argent.
» Soulagez-en plutôt un honnête indigent. »

Les ours sont muselés, entrelacés de chaînes;
On les conduit ainsi sans danger et sans peines.
Mais si, débarrassés, ils s'échappent des mains
Des imprudens patrons, gare à quelques humains.

Libres et furieux, reprenant leur courage,
Ils se livrent soudain au plus sanglant carnage.

Magistrats, prévenez ces accidens affreux,
Et faites séquestrer ces êtres dangereux.
Leur place est dans les bois des régions Alpines,
Ou sur les monts glacés, loin de toutes collines.

Guerre à l'ours en tous lieux! De l'ordre l'ennemi
Ne doit pas obtenir, parmi nous, un ami.
Celui qui, juste et franc, aime l'espèce humaine,
Ne peut, pour le méchant, éprouver que la haine.

Quant au géant hideux et quadrupède austral,
Docile, complaisant, fort surtout, colossal,
Il marche lentement, est chargé du bagage;
En pliant ses genoux, il aide l'abordage.
Sur sa bosse il reçoit les singes et les chiens,
Et des entrepreneurs il porte tous les biens.

Habitans du midi, suivez-en donc la trace,
Et de ces portefaix procurez-vous la race,
Qui dans vos climats chauds pourra se propager,
Opérer vos transports, au moins les alléger.

Faites si bien, qu'un jour, par changement d'usage,
Le chameau plus connu remplace le roulage.

Que dirons-nous du singe, ou sauvage, ou privé,
Inutile joujou du bon sens réprouvé?

C'est affaire de goût, de luxe et de caprices.
Il plaît aux courtisans, ils en font leurs délices.
Etranger dans nos bois, et venant d'outre-mer,
L'opulent veut l'avoir pour se donner grand air.

Il est vrai qu'il possède un peu la forme humaine,
Et cette analogie est à nos yeux certaine.
Ses ruses, son adresse et son agilité
Divertissent parfois, mais sa lubricité.....

Décemment, je me tais; convenant qu'il fait rire,
J'ai de bonnes raisons pour le faire proscrire.

Matrones, médecins, parlez, et, sans détours,
Proscrivez, hardiment, le singe avec les ours.

Pour disputer ce point, vous n'aurez que l'enfance,
Qui, folle de gaîté, des jeux et de la danse,
Lui jettera des noix ou bien quelqu'autre fruit,
Qui plaidera sa cause avec un certain bruit.

D'un spectacle immoral opérez la réforme ;
Bravez les ignorans qui crieront, pour la forme,
Soutenant que sauter par crainte et toujours droit,
Est ce qu'on nomme danse, est un tour très-adroit.

Mais toi, cher animal, si bon et si fidèle,
D'un pur attachement le seul et vrai modèle ;
Sensible, intelligent, dont quel que soit le sort,
Toujours affectueux, à la vie, à la mort ;
Que ton maître soit riche ou bien dans la détresse,
Il peut compter sur toi, sur ta franche caresse.
Dévoué serviteur, ami sûr, bon gardien,
Reçois hommage ici, nos regrets, pauvre chien.

Hélas! de tes bourreaux tu fais le bénéfice.
O destin! pourquoi donc subis-tu l'injustice
De ces tyrans cruels, misérables marauds,
Qui t'assomment de coups pour l'argent des badauds!
Et, pour mieux avilir ton heureux caractère,
Au son des instrumens outragent ta misère!

Sur de telles horreurs, ah! tirons le rideau,
Et calmons notre sang en changeant de tableau.
Traitons autre sujet qui plaise et nous amuse;
Sur un être chéri reposons notre muse.

C'est toi, gentil Azor, [1] qui m'inspire ces vers:
Lorsque je t'aperçois, adieu tous mes revers.
Quand, à mes pieds couché, surveillant, tu me gardes,
Quand tes yeux sur les miens, craintif, tu me regardes,
De tous mes sentimens ta patte fait l'essai,
Tu reconnais bientôt si je suis triste ou gai;
Tes mouvemens discrets, alors, prennent la forme
De mon état; ton âme à l'instant s'y conforme.

---

[1] C'est le nom du chien de l'auteur.

Sans de pressans motifs, tu ne me quittes pas,
Et, ton nez m'indiquant, tu suis toujours mes pas.
Si j'entre quelque part, tu m'attends à la porte ;
Quand je reviens, tu cours, le plaisir te transporte.

Tu t'égares pourtant, mais tu sais bien pourquoi.....
De la Nature, enfin, tu veux suivre la loi.
Le besoin te prescrit d'avoir une maîtresse :
Je te pardonne ; va, reproduis ton espèce.

O vous tous qui n'aimez qu'à force de bienfaits,
Qui, hissés sur deux pieds, vous croyez plus parfaits
En qualité d'amis, permettez que j'en doute,
Car de vous comparer sur ce point, je redoute.

Vous aimez : c'est toujours pour votre propre bien ;
Quand vous adorez même, est-ce jamais pour rien ?

Dès la pointe du jour, l'airain se fait entendre.
C'est la belle saison : on se lasse d'attendre, [1]

[1] Tous les paroissiens attendent les Rogations avec une certaine impatience, soit comme un acte pieux, soit comme une distraction agréable.

Pour prier l'éternel dispensateur des biens,
Protecteur des travaux (dans les pays chrétiens).

Tout fleurit, tout prospère et promet l'abondance,
Si quelque contretemps ne vient changer la chance.
On admire déjà le vert tapis des blés,
Les bourgeons de la vigne et les herbes des prés.

Les femmes, les vieillards et l'agile jeunesse,
Laboureurs, vignerons, artisans, font la presse,
Vont en foule à l'église, et, le cœur plein d'espoir,
Pour la procession ont quitté le manoir.

Voyez-vous le pasteur qui préside et commande?
Chacun connaît sa place, aucun ne la demande.
Il range son troupeau sur le séjour des morts,
Et pour maintenir l'ordre, il fait tous ses efforts.

La bannière flottante et l'adoré symbole
Sont placés en avant par le maître d'école;
Des vierges, des enfans, les rangs sont séparés.
On part en entonnant les cantiques sacrés;
On les entend, au loin, dans la vaste campagne;
Des *Ora pro nobis* retentit ma montagne.

Des grands saints , par leur nom , le curé fait l'appel ,
Tout le peuple répond , invoque un immortel.

En grand recueillement on passe le village ,
Et jamais on ne vit un grand concours plus sage.

Le drapeau s'éloignant des humbles pavillons ,
Le saint prêtre , bientôt , bénira les sillons ,
Les vignes et les prés , les puits et les fontaines
Coulant de nos coteaux pour arroser nos plaines.

S'avance un habitant , l'air joyeux , mais discret;
Il s'incline très-bas , et dit avec respect :
« Bénissez donc ma cave , elle tarit trop vîte !
» Faut-il donc , en ce cas , boire de l'eau bénite ? »

Quittant sa gravité , l'homme de Dieu sourit ,
Il prend son aspersoir , il approche et bénit.

Ainsi la bonne humeur obtient des priviléges ,
Les désirs innocens ne sont pas sacriléges.

On parcourt au dehors des chemins enfoncés ,
Par les rustiques chars profondément tracés.

On sent le doux parfum de la rose sauvage,
Et l'aubépine en fleur embellit le voyage.
La gentille fauvette agitant les buissons,
Gazouille, et l'on entend ses petites chansons.
La linotte de vigne, à la gorge dorée,
Veut aussi louer Dieu dans toute la contrée.
Et le merle criard, au bec jaune, habit noir,
Des hymnes répétés jasera jusqu'au soir.
Enfin le rossignol, grand maître de musique,
Curieux, vient chanter tout près de la relique.

De ce rare concert les sons mélodieux
Font contraste agréable avec les chants pieux.

Lentement, avec peine, on monte les collines;
On suspend un moment les louanges divines;
On tient la route, enfin. Disparaît la sueur,
Et les rangs rétablis, on reprend sa ferveur.
(Quand on marche aisément la prière est plus pure.)
Un roulier, de côté, dirige sa voiture.
Un autre plus dévôt, apercevant la croix,
S'arrête, et dans les chœurs fait dominer sa voix.

Le cortége avançant, atteint la Providence;
Il y prend du repos, toujours en grand silence;

Puis, au signal donné, reprend son petit train :
L'angle de la forêt est son terme prochain.
A peu près, c'est aussi la fin du territoire,
Qui présente au fidèle un champêtre oratoire.

Alors, selon l'usage, on pense au prompt retour,
La colonne revient et chacun prend son tour.
En des chemins pierreux on défile, on s'engage,
La bannière bientôt atteindra le village.

On remarque en chantant les vergers des hameaux,
On admire surtout le caprice des eaux.
On entend, sur les fleurs, bourdonner les abeilles :
Au vallon des Côtets, [1] elles font des merveilles.
Le pasteur en ce jour doit bénir les ruchers ;
(Les prières, les soins éloignent les dangers.)

Trébuchant de fatigue, on arrive à l'église,
Où personne ne manque, et chaque place est prise.
On entend du curé la dernière oraison.
Ces pèlerins à jeûn rentrent à la maison,

(1) C'est le nom du vallon au midi d'Echenoz.

Et chacun , au repos, la tristesse bannie,
Est heureux, enchanté de la cérémonie ;
Après le déjeûner reprendra ses travaux ,
S'y livrera gaîment, oubliera tous ses maux.

La fête de ce jour est enfin consommée ,
C'est un temps de travail, elle n'est pas chômée ;
On peut prier aux champs , et Dieu n'a pas voulu ,
Aux dépens de la terre , un culte superflu. [1]

Voici venir , tout près , une noce champêtre ,
Le violon en tête , et nous rirons peut-être.

Mais nous l'entendons trop : l'impitoyable archet
Nous déchire l'oreille, et produit tel effet ,
Qu'on en grince les dents , et la mine ridée,
Force est des sons discords d'essuyer la bordée.

Voyez , simple et modeste , un couple , heureux époux
Engagés récemment dans les nœuds les plus doux.

[1] Idée de M. Châteaubriant, *Génie du Christianisme.*

Admirez cette épouse avec cette couronne ;
C'est le prix que, dûment, la Sagesse lui donne.
A côté le mari, fier de son cher objet,
Comme amant et vainqueur, est paré d'un bouquet.

Autour d'eux, les clameurs de la bruyante joie,
Les coups de pistolet que mon Azor aboie,
Les cris et les sursauts, les touffes de rubans
Qui voltigent à l'air, dans les mobiles rangs ;
Tout annonce au canton qu'un nouvel hyménée
De deux êtres unis fixe la destinée.

Mais, hélas! le bonheur arrive à petit bruit :
Du temps et du travail il est surtout le fruit.

Ainsi ne jugeons pas du sort d'un mariage,
Selon qu'on aura fait plus ou moins de tapage.

Jeunes amans épris qui voulez vous unir,
Contre un fatal écueil je veux vous prémunir ;

Le naufrage est fréquent : craignez que la fortune,
L'influence de l'or, l'avarice importune
Ne fixent votre choix. Recherchez les vertus,
Et si vous les trouvez, alors n'hésitez plus.

Je ne finirais pas si je voulais décrire
Tous les événemens qui font gloser et rire;
Mais on juge déjà, si l'on est attentif,
Qu'ici l'heureux séjour est très-récréatif.

Des poètes je quitte un moment la carrière :
Qu'un autre, plus expert, épuise la matière;
Qu'il vienne s'enflammer dans ce site divin,
Que, trop vulgairement, on nomme *Crabertin*. [1]

J'esquisserai, plus tard, nouvelles Bucoliques;
Je peindrai mon manoir et mes foyers rustiques.

[1] C'est le nom cadastral de mon domaine.

CHANT TROISIÈME.

MES ALENTOURS IMMÉDIATS;

MON DOMICILE.

J'AI chanté mes travaux, mes vergers, mes jardins,
L'aspect de mon Eden, des lieux circonvoisins,
Les comiques sujets de l'amusante route :
N'ai-je pas ennuyé....? C'est un pénible doute.

5

Enhardi, néanmoins, il me faut aborder
Un point que j'ai promis : je ne peux l'éluder.
Je vais décrire enfin ma demeure champêtre,
Mes rustiques foyers, qui vous plairont peut-être.

Muse, fais-moi bien dire, et décemment railler,
Afin que mon lecteur cesse enfin de bâiller.
D'un sujet trop chétif, que fera mon génie ?.....
Sans prétendre plus haut, il suffit que l'on rie.
Vous connaissez déjà, mes amis, ce local
Qui me vaut fréquemment le nom d'*original*.

Au-devant des maisons, voyez cette charmille :
C'est la salle d'été pour manger en famille ;
C'est aussi le salon où je reçois toujours,
Quand la bonté du Ciel accorde de beaux jours.

Un tilleul, au milieu, gravement y préside ;
On boit, on mange, on rit sous son aimable égide.

Un cortége de fleurs, qu'on admire alentour,
A l'air, avec respect, de composer sa cour,
Et le baguenaudier, le lilas, la buglose,
Ajoutent leurs parfums à celui de la rose.

En forme circulaire, entouré de chemins,
S'élève un mamelon orné de bons voisins,
Bienfaisans, qui, plantés avec ordre, avec choix,
Fournissent, à l'envi, la cerise et la noix,
Procurent en juillet un nécessaire ombrage
A mes caveaux, heureux d'un pareil voisinage.

On peut s'y promener, ou, par quelque hasard,
Y former des rondeaux dont chacun prend sa part.
On peut encore y voir de nombreuses familles,
Pour danse plus savante, arranger des quadrilles;
Enfin y réunir les jeunes vendangeurs,
Si de la grosse joie on aime les clameurs.

C'est un bouquet de bois, forêt en miniature,
Faite pour les plaisirs, la gaîté la plus pure.

Une troisième butte, au nord autour de moi,
Qu'on appelle *Jardin*, je ne sais trop pourquoi,
Vous présente un fraisier, avec quelques bons arbres.
C'était une carrière, où, peut-être, des marbres
Auraient un jour fourni de riches monumens,
Avec assez d'écus, avec assez de temps.
Ce serait aujourd'hui un curieux parterre,
Abondant potager s'il ne manquait de terre.
Le dessus nous fournit force primeurs, surtout
Le cerfeuil en avril, la salade en août.
Jardin, soit; mais petit, et dans la sécheresse,
Les plantes, trop souvent, y meurent de détresse.
Néanmoins quelques fleurs, grâces à l'arrosoir,
Entrouvrent leurs trésors et me donnent l'espoir
De flatter gentiment l'odorat et la vue
De ceux qui daigneront en passer la revue.

Trois sentiers sinueux et bordés de soucis,
Sont trois écueils à craindre, et, selon mon avis,
Il ne faut y monter qu'avec garde et prudence,
A jeûn et de sang-froid, connaissant la cadence;

Bref, ceux qui braveront ces défilés étroits,
Tomberont, ou je dis qu'ils seront bien adroits.
Ce n'est pas tout, il faut, quand on atteint le terme,
Ayant couru *dix pas*, en se tenant bien ferme,
Rétrograder, enfin, en faisant demi-tour,
Sur les talons partir, et rejoindre la cour.

Tel un navigateur, échappé du naufrage,
Est heureux d'arriver au port après l'orage.

DOMINANT ce jardin, j'ai fait, avec succès,
Un bosquet à repos, d'un difficile accès;
J'y parviens avec peine, aidé par l'espérance
D'y voir mon cher *Vesoul*, berceau de mon enfance.

Le charme, le sureau, le lilas, le sorbier,
Font les frais du décors, ainsi que le prunier,
Qui tous les ans fournit la douce reine-claude,
Hors le cas de la grêle, ou le cas de maraude.

Au centre j'ai planté (pour le plaisir des yeux
Et la chasse d'automne on ne peut faire mieux),

Un arbuste célèbre, en tout temps vert et rouge,
Épineux, sûre amorce, et qui jamais ne bouge. [1]

L'oiseau timide et vif s'envole au moindre bruit.
Il approche, pourtant, attiré par le fruit;
Trop confiant, sans doute, il tombe dans un piége,
Des vingt que j'ai tendus, même le long du siége;
Bientôt il rôtira pour mon repas du soir,
Si *Rominagrobis* a daigné le vouloir.
Pour ce mets, entre nous souvent ce n'est pas fête,
Et quand j'en tiens la queue, il en retient la tête.

Ah! vorace coquin, tu seras prisonnier;
Tu mangeras ta soupe, et non pas du gibier.

Au midi du manoir est la haute terrasse :
Pour voir tout mon Eden, c'est bien l'unique place.
De front, dans une allée, on y peut marcher deux.
C'est de là qu'au lointain on promène ses yeux;
On y pense, on y rime, on fait la chansonnette,
On y lit son Delille, on y lit la gazette;
On y va, par instinct, distraire ses ennuis,
Rêver le doux repos, quand ils seront finis.

(1) Le buisson ardent.

Au déclin d'un beau jour, assis dans la rotonde,
Triste, sous le berceau, loin du fracas du monde,
Entouré de verdure et d'arbustes divers,
Comme Racine, à Dieu j'adressais quelques vers,
Je chantais sa grandeur, sa bonté, sa justice,
Et je le conjurais de m'être enfin propice.

Après mon oraison, je fus calme, et l'espoir
Fit soupirer mon cœur. — J'y prierai chaque soir,
Au moment où Zéphir vient caresser la rose,
Agiter mollement la feuille qui repose;
Où l'habitant des airs se blottit au buisson,
Prêt à cacher son bec, achève sa chanson;
Où le superbe coq, fatigué de conquêtes,
Quitte la cour, et rentre, évitant les tempêtes;
Où le berger chantant ramène son troupeau,
Et la brebis bêlante appelle son agneau;
Où le son argentin de l'airain nous ordonne
De quitter le travail (à moins qu'on ne moissonne);
Au pénible moment où l'astre radieux,
Pâlissant, se prépare à faire ses adieux,
A mon œil, par degré, descendant de son trône,
Echappe à notre amour, se jette dans la Saône.

Père de la lumière, accueille nos regrets!
Pour te revoir demain nous serons aux aguets.

Si, parfois, j'ai besoin d'un peu de solitude,
Pour traiter un sujet qui demande l'étude,
Un local élevé m'offre ses bons secours :
A son isolement, en pensant, je recours.

Trois grands arbres céans abritent des banquettes,
Un vase rempli d'eau, couvert de mes raquettes,
En automne surtout, au milieu des roseaux,
Quand, pour garnir la table, il me faut des oiseaux.

De là je puis encore, en deux ou trois minutes,
Gravissant le rocher, en évitant les chûtes,
Atteindre le plateau, braver les aquilons,
Admirer, à loisir, la beauté des vallons.

Maintenant, cher lecteur, j'ai quelque chose à peindre,
Un sujet chatouilleux : je saurai me restreindre.

Au levant des maisons, au bas de mes vergers,
Où croit une esparcette, et non loin des rochers,
Ma petite garenne offre mille avantages.
Remarquez cette cour à l'abri des orages,
Close de quatre murs suffisamment haussés,
Afin que les confins ne soient pas dépassés.

Là sont tous mes lapins, qui, selon leurs caprices,
Peuvent garder repaire, ou goûter les délices
D'un air pur et serein, d'un tranquille sommeil,
A l'ombre ou sous le feu temperé du soleil.

Sept cases en bois dur, côte à côte rangées,
Où l'on met force paille, et jamais dérangées,
Logent les habitans, les mères, leurs petits,
Deviennent des prisons, préviennent les délits
Des mâles turbulens, dont la concupiscence,
Aux familles fatale, exige surveillance.

La mangeoire, au milieu, contient l'herbe ou le foin
Qui doit les régaler, qu'on remplace avec soin;
Un récipient d'eau, s'ils ont besoin de boire,
Car à sa nullité gardez-vous bien de croire,

Surtout quand la saison des rigoureux frimats,
Stérile, au lieu de choux, n'offre que des verglas,
Des glaçons, de la neige; enfin où la Nature
En son demi-deuil blanc, sans sève et sans verdure,
Immobile, repose, attendant le printemps
Qui fera pousser l'herbe et les fleurs dans les champs.

On donne, alors, du sec et de l'eau dans l'étable;
Les plus gras, mieux nourris, sont choisis pour la table,
Impubères surtout. Mais le reste courra
Pour fournir des sujets et le poil *angora.*

Dans ce sérail lascif, la prolifique espèce
Se livre à ses amours, et pullule sans cesse,
Librement, aux désirs ne connaît aucun frein,
Et produit chaque mois lapereaux par essaim,
Pour son malheur, hélas! Que personne n'envie
Ce dangereux pouvoir! car une courte vie
Serait le prix fatal des lubriques excès.
Le lapin pour exemple est créé tout exprès.
Il vit peu; c'est, dit-on, pourquoi, timide et lâche,
La crainte du danger le poursuit sans relâche.
S'il apparaît un chien ou quelqu'autre animal,
De la prompte retraite on entend le signal;

Le sol en retentit ; la patte est la trompette ,
Et chaque individu fuit comme une belette
Dans les clapiers obscurs. Bientôt , la peur cessant ,
Les museaux rassurés se montrent en flairant.

Deux mâles , quelquefois , se livrent des batailles ,
Guerre à mort : le plus faible , après beaucoup d'entailles ,
Succombant sous les dents du plus fort égrillard ,
Le barbare vainqueur en fait un *Abeilard*.....

C'est dommage , pourtant : il faut que chacun vive.
Ne pourraient-ils s'entendre avec l'alternative ?
Non , raison n'est pas là ; je connais maints époux
Qui ne valent pas mieux et sont aussi jaleux.

En fait de bâtimens , honneur à la cuisine !
Gourmands , si vous entrez , vous ferez triste mine :
Nulle odeur ne promet ; un chétif mobilier
Annonce le manoir d'un modeste rentier ,
Qui , sobre par raison , et ne pouvant mieux faire ,
Vit très-mesquinement , s'en tient au nécessaire.
Le foyer refroidi , des pots toujours couchés ,
Les grils trop reluisans , et les réchauds cachés ;

Un cent de clous garnis des divers ustensiles,
Arrangés avec ordre et trop souvent tranquilles,
Vous prouveront qu'ici tout repas est frugal.
(Où règne l'appareil, il est moins amical.)

La cuisinière seule a des droits à mes chants,
Elle est ce qu'il me faut en dépit des méchans;
Intelligente, vive, économe, fidèle,
Jusqu'ici nul sujet ne m'a servi mieux qu'elle.
Enfin, pour définir toutes ses qualités,
Elle est soumise et fait..... *toutes ses volontés.*

Un jeune serviteur, apprenti vigneron,
Messager, jardinier, manœuvre, bûcheron,
Mon vieux Azor, un porc, deux chats, mâle et femelle,
Voilà, cher percepteur, ma cote personnelle,
A moins que mes pigeons, mes oiseaux, mes lapins,
Mes poulets, mes canards, *les taupes des jardins,*
Ne soient aussi taxés. Quelle que soit la cote,
Payons; en cas d'erreur, gardons en bonne note,
Respectons le tarif, obéissons aux lois.
Craignons le garnisaire, il en cuit trop par fois.
Ne sollicitons pas des caissiers l'obligeance,
Ils préfèrent toujours être payés d'avance.

Remarquez ce donjon s'élevant dans les airs :
Battu de tous les vents, il brave les éclairs
De l'orage en fureur. Volière à deux étages ;
Poulailler, chambre à four, il est à trois usages,
Sans parler des outils rangés là sous la main :
Pour les travaux courans, on les trouve soudain.

Ce donjon, dès l'aurore, attire ma visite,
Le soir, en le fermant, à regret je le quitte.
Je connais, par son nom, chacun des habitans,
J'en fais l'appel exact avec des soins constans.
J'ai pour me diriger la nuance des plumes,
(Ceci pour les pigeons); j'observe leurs coutumes,
Leur instinct, leurs amours, et leur fidélité
A remplir les devoirs de la paternité.
D'un couple, quelquefois le mâle est infidèle,
(Le croirez-vous, lecteurs?), mais jamais la femelle.
Au besoin ma police en vient aux grands moyens;
La république veut de sages citoyens :
Je séquestre, je tue, et punis le désordre;
En faisant grands dégats j'arrive enfin à l'ordre.

Mais, je m'égare trop, je suis trop mon penchant;
Mon goût pour les pigeons est chez moi dominant.
Il faudrait un traité pour cette ample matière,
Je veux, un peu plus tard, y porter la lumière.
Cette glose, pourtant, ne se finira pas
Sans que je dise un mot important en ce cas.

« Dans votre colombier ne tenez que des paires,
» Rien de plus dangereux que les célibataires;
» Parasites, proscrits, éloignez-les de vous,
» De la paix de l'état ils ne sont pas jaloux. »

Pour si mince moisson, fallait-il une grange?
N'avait-il pas de place à loger sa vendange?
Ne peut-il dans sa cave abriter tout son vin?
Pourquoi ce bâtiment, et dépenser en vain?

Caquetage! lisez, jugez de son mérite!
Voici ce que j'en fais, voici ce qu'il abrite:

Les échalas, le bois, des planches, des tonneaux,
Des gerbes, des outils, les cuviers, les cuveaux,
Les pailles, la ferraille, et les pommes de terre,
Cruchons, flacons vidés, auxquels j'ai fait la guerre,
Les fruitiers et les choux, les carottes, les noix,
Les oignons, les poireaux, les haricots, les pois,
Les salades d'hiver, les vesces, les lentilles,
Les raves, les panais, les piquets et les billes,
La choucroûte en baril, les caisses, les paniers,
Les échelles, les sacs, les perches des greniers;
Enfin, pour terminer l'état de ces merveilles,
Deux celliers où m'attend le vin vieux en bouteilles.

On peut y voir monter et gémir le pressoir,
Qui de son jus très-âpre abreuve l'entonnoir.
Amis, ce vin n'est pas, ni le mien, ni le vôtre :
Si vous venez me voir, nous en boirons de l'autre;
Cependant, si par fois vous aimez le vin doux,
S'efforçant d'être clair, il coulera pour vous.
Enfin, pour renchérir, votre hôte, à sa compagne,
Fera plus que possible : il fera du *Champagne.*

En parlant de la grange, il faut parler aussi
Du van et du fléau dont je me sers ici.

Redoutables rivaux de ces grandes machines,
A rouages et train, admirables usines,
Qu'on doit recommander pour les exploits en grand.
J'évite l'embarras, je n'ai rien de savant.

Plus modeste, facile et plus économique,
Le fléau préféré bravera la critique.

Quand, à coups répétés, quatre bras vigoureux,
Alternativement redoublent deux à deux,
En mesure, la paille est bientôt triturée;
Puis, enfin, par le van la graine est épurée.

Je laisse, sur ce point, discuter les docteurs,
Et je quitte la grange, ainsi que les batteurs.

Un bâtiment, au nord, contigu, très-utile,
Servirait au besoin de nécessaire asile.
Il peut commodément loger des ouvriers,
Et, quand survient mon tour, des voyageurs guerriers.

Certain jour, il me vint un sapeur à moustache,
Par un jeune soldat faisant porter sa hache.

« Comment, dit le conscrit, une échelle à monter ! [1]
» Qu'en dites-vous, mon vieux? devons-nous accepter
» Un logement pareil?.... Au diable la mairie,
» Avec son bon billet !.... Vive notre écurie !
» Sur la paille, en un coin, couché près de nos bœufs,
» Comme jadis, chez nous, ne serais-je pas mieux ! »

« — Tu larmoyes encore, enfant de chère mère !
» Vois-tu cette bouteille ?..... Un rien te désespère.
» Monte vite, en deux temps; ne sois plus si lourdaud,
» Tu peux, dès à présent, t'exercer à l'assaut.
» Ayons le bois, le sel, le lit et la chandelle,
» C'est tout ce que j'exige. Eh ! qu'importe l'échelle!
» — Vraiment, notre bourgeois paraît assez liant....
» Quand j'aurai mon congé, je serai plus riant. »

Tout étranger murmure en montant notre côte.
Pour qu'un soldat soit bon, il faut être bon hôte.

C'est aussi le foyer du célèbre *alambic*,
Fonctionnaire adroit, sensible au bien public.

(1) Pour monter dans cette chambre, il faut une échelle.

Par un tube il fournit de précieuses larmes,
Dont le peuple s'enivre, abusant de leurs charmes.
Ce liquide, en naissant, est vif; il étourdit,
Il brûle ses sentiers, mais l'âge l'adoucit.
Du faible, du mourant, il devient la ressource,
Des exploits aux combats il est souvent la source;
Les plus lâches poltrons il transforme en guerriers:
O combien de héros lui doivent leurs lauriers!
Savamment il arrive au secours des artistes;
Esculape l'emploie, il est cher aux chimistes.

Celui qui l'inventa fut sans doute inspiré
Du fils de Sémélé pour l'avoir adoré.
Quand du jus de *Bacchus* parut la quintessence,
Que dirent nos aïeux, dans leur crasse ignorance?
Ravis, levant au ciel et le front et les mains,
Ils durent s'écrier : « O nectar des humains;
» Présent des dieux, salut! suprême véhicule
» De l'esprit et du corps, digne envoyé d'Hercule!
» Oui, nous reconnaissons ton pouvoir, tes bienfaits;
» Nous préférons *au vin* tes séduisans attraits;
» Il n'a pas tes vertus : en célébrant ta gloire,
» De nos maux ici-bas nous perdons la mémoire. »

Du chimique instrument le moteur est le *feu;*
Le vase doit frémir, occupant le milieu;
On doit le garantir, dans sa circonférence,
Du contact de l'air frais et de son influence.
La brûlante vapeur gagne les serpenteaux
Qu'on rafraîchit souvent dans de nouvelles eaux.
L'esprit perd sa chaleur, tout en faisant sa route,
Clair comme le rubis, coule enfin goutte à goutte.

Gardez-vous de donner au foyer trop d'ardeur,
Imitez en ceci le vrai distillateur :
Il ne veut qu'un filet; quant aux gouttes premières,
Il les conserve à part, ainsi que les dernières.
Sans force et sans clarté, ces rebuts en flacons,
Distillés de nouveau, sont également bons.

On peut mieux faire encore, et par d'heureux mélanges,
Flatter tous les palais, mériter leurs louanges.
L'orange, le citron, la cerise, l'anis,
La menthe, le genêt, sont les fruits du pays
Dont les gourmets savans, et selon leur génie,
Disposent pour avoir une liqueur finie.
On y joint force sucre, on la fait éclaircir,
Enfin, pour exceller, on la laisse vieillir.

Trois fois par an, *Thérèse* y coule la lessive, [1]
Pour saisir l'à-propos on la sait très-active.
Son zèle a préparé ses cendres, son cuveau,
A prévenu *Babet,* [2] a ramassé de l'eau.
Elle a du savon sec, le temps est favorable;
Tout le linge est compté, la note est sur ma table;
Espèces, quantités, chaque article est décrit,
Tout est prêt pour agir. Babet vient au jour dit,
S'empare des paquets; elle mouille, elle frotte,
Tâchant d'en écarter la principale crotte.
Les baignans sont tordus et pressés en gros tas,
Qu'on étend au cuveau transpercé par le bas;
On recouvre le tout d'un drap, toile grossière,
Puis des cendres : alors on chauffe la chaudière;
Par degrés, lentement, viennent les tourbillons
De la vapeur impure; enfin les gros bouillons
Sont versés et repris dans l'inférieure cuve
Pour être réchauffés, renouvelant l'étuve.

On poursuit le travail, le plus communément,
Une longue journée et sans perdre un moment.

(1) Thérèse est le nom de ma ménagère.
(2) Babet est le nom de la buandière en chef.

Le goût très-savonneux et la couleur jaunâtre
Ordonnent de finir et de supprimer l'âtre.

Ce n'est pas tout, il faut, et dès le lendemain,
Après avoir, à froid, laissé tarir le bain,
Laver cette lessive à grande eau de rivière,
Claire, fraîche, courante; aussi la buandière
A déjà commandé Catherine et Fanchon,
Claudinette, Jeannotte, Agnès et Magdelon.

Les voiles de la nuit règnent partout encore,
Les rayons du soleil n'annoncent pas l'aurore,
Les étoiles aux yeux brillent de toutes parts;
Le ciel est pur, exempt de taches, de brouillards;
A peine les oiseaux ont secoué leurs ailes,
En retirant leurs becs cachés sous leurs aisselles;
De l'airain vibrant l'air on n'entend pas le son;
Le cornet du berger n'a pas dit sa chanson.

Les laveuses déjà, par le coq éveillées,
Chantent en souriant au prix de leurs journées;
La plus vieille, leur chef, dans la rue apparaît,
Proclame qu'il est jour, mais personne n'y croit.

Son appel réunit mon escouade femelle.
Patriote [1] debout est tout prêt, il attelle.
Le bruit du char, du fouet, des chaînes et du chien
Est couvert par les voix d'un grossier entretien.
Ce beau charivari fait retentir ma côte,
Et de tous ses acteurs, bientôt, je serai l'hôte.

Voici donc grand tapage, Azor est en courroux,
De tout cœur il aboie et nous réveille tous.
Rêvant, je suis surpris, et je cours à mes armes;
Mon esprit se rassure et bannit les alarmes.
Une morne stupeur succède au carillon,
(Car, toujours, le fusil fait peur au cotillon).

— Vous voilà bien matin.... Chargez donc la voiture!
J'omets d'offrir la goutte, et chacun en murmure.
Vivement, en grondant, on vide le cuveau,
Grâces à Dieu! tout part et gagne le ruisseau.

En approchant ses bords, ma troupe, avec audace,
Se prépare au combat : une autre a pris sa place
Malgré le vigilant posté pour la garder.
Il somme qu'à l'instant on ait à la céder;

(1) *Patriote* est le surnom flatteur de mon meunier et volturier.

Les pierres, aussitôt, tombent comme la grêle;
Sur l'injuste refus, on se charge, on se mêle,
Les cheveux sont épars, le sang coule des nez,
Les bonnets sont en l'air, ou gisent dans les prés.
Les palettes, les bancs, sont les armes fatales
Dont usent les partis avec forces égales.
O caprices du sort! le vaillant détenteur
Semble un moment forcer son terrible agresseur;
Mais Thémis intervient.... Enfin mes *héroïnes*
Ont, pour l'honneur du droit, vaincu les plus *mutines*.
Le poste est emporté, mon lavoir s'établit,
Et, triomphant, fait honte à l'ennemi qui fuit.

La renommée au loin annonce la victoire;
Instruit, mieux avisé, je fais porter *à boire*.
A la chûte du jour, le convoi revenu
Va recevoir le prix entre nous convenu,
Avec mes complimens du brillant avantage
Que pour la bonne cause a conquis son courage.

Suivant la même ligne, observez un peu loin
Cette pièce, pour cause établie en un coin.

C'est le manoir infect de l'animal immonde
Dont l'aspect rebutant déplaît à tout le monde,
Par son corps engourdi, son groin, ses petits yeux,
Son oreille traînante et ses pieds paresseux;
Dont l'attrayante chair fut trop vilipendée,
Et proscrite jadis dans l'antique Judée;
Dont le poil ferme et long, dès avant *saint Crépin,*
Dirige les ligneuls qui cousent l'escarpin.

Sans doute, c'est pourquoi les friands dans leur joie
Le nomment poliment *notre habillé de soie.*
Parfois, en querellant, son vrai nom *substantif,*
Quand on veut outrager, se change en *adjectif.*

C'est là que, pour un temps, captif on le relègue.
Un injuste mépris d'abord on lui délègue;
C'est là qu'il mange et dort, car jeune et tout petit,
Il démontre en croissant un heureux appétit,
Qui, satisfait de pois, de grains et de farine,
Du moine de Boileau lui donnera la mine.

On le visite alors, et le mépris décroît;
L'appétit le remplace, et quand vient le grand froid,

Le dieu Comus, [1] siégeant en sa cour de justice,
Déclare qu'il est temps d'offrir le sacrifice;
Car l'embonpoint du porc détermine son sort,
Et fixe le moment de son heureuse mort.

Approuvez, mes amis, ce meurtre légitime !
Vous danserez, j'espère, autour de la victime.
Qui vous présentera des mets de cent façons,
Obtiendra vos toasts, ainsi que vos chansons.

En Epicuriens, fêtons ce jour célèbre,
Et faisons, en deux vers, cette oraison funèbre :

« Il ne sut que grogner, boire, manger, dormir;
» Il vécut pour lui seul, pour nous il dut mourir. »

Ne repoussez jamais l'ami de *saint Antoine* :
Des plus fins cuisiniers il est le patrimoine,
Et l'art le plus parfait, comptant sur son appui,
Quand il veut exceller, ne pourrait rien sans lui.
De la charcuterie on pleurerait l'absence :
Que deviendraient *Lyon*, et *Bayonne*, et *Mayence?*

(1) Comus, dieu des gourmands.

Accueillez-le, surtout, fortuné Périgord :
Il déterra ce fruit ignoré dans le Nord,
La précieuse truffe; ayez soin de l'espèce
Dont l'odorat exquis a fait votre richesse.

Avides possesseurs, n'allez pas, en tyrans, [1]
Lui ravir tout ce bien extirpé de vos champs :
On doit part au vainqueur, et l'avis unanime
Des gourmets, c'est qu'au moins vous accordiez la dîme.

La prudente Nature a caché ce trésor
Profondément en terre; il est cher comme l'or;
Son parfum, ses vertus, ont telle renommée,
Que, partout, riche table en offre la fumée.

Parcourez donc le monde, heureux Périgourdin,
Vous vendrez à grand prix cet article divin;
Fréquentez les pays où l'on fait bonne chère,
Réservez-en beaucoup pour l'île de Cythère.

C'est là que des héros, accablés de lauriers,
Fléchissent sous leur poids; étalez vos paniers !

(1) On sait que le porc a l'instinct de découvrir et de déterrer les
truffes, que des ouvriers lui enlèvent au fur et à mesure.

D'un refus ignorant repoussez les obstacles ;
Résistez, voyageurs, vous ferez des miracles !
De ce fortifiant renaîtra le pouvoir,
Et ces héros vaudront ce qu'ils ont pu valoir.

Souvent un être obscur, timide et solitaire,
Cache de grands talens quand on le croit vulgaire ;
Ainsi cet animal, regardé comme abject,
Sous un dehors hideux mérite le *respect*
Des gastronomes *vrais*. Bravant donc les tartuffes,
Célébrons, verre en main, et le porc et les truffes.

Un sixième donjon, et le plus important,
C'est *la cave*,.... Buveurs, vous en diriez autant.

Vingt tonneaux de *nectar*, sur deux rangs en bataille,
Attendent vaillamment robinet et tenaille.
Grenadiers, voltigeurs, défiant l'ennemi,
Capitulent bientôt à l'aspect d'un ami.
Généreux, les anciens donnent le bon exemple,
Lui présentent les clés, les trésors de leur temple,

Exigeant, néanmoins, cette condition,
Qu'ils soient, pour leur honneur, mis à discrétion.

A son poste, voilà mon adjudant de place,
Grand, vif et courageux, ses armes, sa cuirasse;
Il fait de mes soldats la revue et l'appel,
Il est dans son service exact et ponctuel;
Commandant à son gré mes vineuses cohortes,
Il ouvre leurs prisons, il en ferme les portes;
Sachant, dans une affaire, animer ses sergens,
Il se montre en héros dans tous les cas urgens;
Le bruit de ses tambours, de sa mousqueterie,
Des pièces qu'il ajuste, enfin sa batterie
Fait trembler tous les monts sous le fer et l'acier;
Pour tout dire en trois mots.... voilà mon *tonnelier*.[1]

Au-dessus de ce camp est la double mansarde
Servant d'observatoire, avec deux corps-de-garde;
Le premier, avancé, guette les mouvemens,
Avertit le second prêt aux commandemens.
Chef, je surveille tout, on ne peut me surprendre,
Disposé que je suis à combattre, ou me rendre.[2]

_____

(1) François Mougin, tonnelier distingué à Vesoul.
(2) On ne peut monter chez moi depuis la route sans pouvoir être
aperçu depuis ma fenêtre.

Quand, de ma casemate, il faut communiquer
Avec le camp voisin, je ne peux y manquer :
La porte de secours m'offrant ses bons offices,
Je pourvois aux besoins des différens services.

C'est là que je réside, en consumant le temps
Qui s'en vengera trop. Quand la pluie et les vents
Ordonnent la retraite, alors je me repose;
Je borne mon travail à rimer quelque glose.

Voulez-vous de mon gîte admirer l'ornement?
J'aurai bientôt décrit tout son ameublement.

Je commence par vous, peintures vénérées,
Sous deux verres gardiens richement encadrées.
Vous me rendez les traits de deux objets chéris;
A leur seul souvenir, je rêve et m'attendris;
En vous voyant, mon cœur s'émeut et se dilate,
Et par mon œil trompé d'illusions se flatte.

« O mon père! voilà vos regards de bonté,
» Et vous, ma mère, ceux..... de la maternité. »

Un sentiment pieux absorbe tout mon être....
C'est ma religion..... et je m'en fais le prêtre.
Ma commode et son marbre, au bas de ce pastel,
Représentent mon culte et me servent d'autel.

Mais n'extravaguons pas d'amour et de tendresse.....
Inutiles regrets.... Abjurons la tristesse.....
A mes dieux, en passant, je devais cet égard;
Le sensible lecteur pardonnera l'écart.....
J'ai promis d'être gai....., reprenons la série
De mon ameublement et la plaisanterie.

Un moniteur exact, savamment inventé,
Chez nos voisins adroits bientôt exécuté,
Par intervalle fixe, acquérant la parole,
La perdant à propos, réjouit ou désole.
De l'avide héritier il accomplit l'espoir;
Du pauvre débiteur il fait le désespoir.
Il mesure, ici-bas, tout le temps qui se passe;
Compagnon du travail, il le suit, il le lasse.
A la jeunesse adulte il donne les désirs;
Devenu son tyran, il borne ses plaisirs.
Au destin du vieillard il se montre insensible,
Sur sa plainte, en marchant, on le voit inflexible.

A son ordre fatal l'huissier fait ses protêts,
Mais à son ordre aussi finissent les procès.
Tous actes des vivans sont de sa compétence,
Et le dieu *Mars* même est dans sa dépendance.
Les naissances, l'hymen sont sujets à ses lois,
Son pouvoir est connu des bergers et des rois.
Tous métiers, tous états lui rendent les hommages;
Il gouverne chacun, jeunes, vieux, fous et sages.
Il appelle à siéger la justice au barreau,
Le commerce au comptoir, la finance au bureau,
Le militaire au poste et le prêtre à l'église,
Le médecin partout, le poëte..... *à sa guise.*
A sa voix vient la faim, arrivent les repas;
Il balance la vie, avance le trépas.

Ce meuble dont j'ai fait la censure et l'éloge,
N'est donc que ma fâcheuse et mon utile *horloge.*
Surtout à la campagne, elle est d'un grand secours,
Sans elle languiraient et les nuits et les jours.

Deux tables à manger, dont l'une grande et ronde,
Veut que dans les bas rangs le plus haut se confonde;
Que sept couverts au plus soient rangés alentour,
Afin que chaque bras gesticule à son tour.

En dépît de la mode et de la symétrie,
Elle veut que les plats soient servis par série,
Tenus chauds; car, dit-elle, un mets refroidi perd,
Et l'ordre accoutumé ne convient qu'au dessert.
Ce qui fait ses plaisirs, ce n'est pas l'abondance,
Mais le goût, l'union, la joie et la décence.

Que j'aime y voir s'unir la douce égalité,
La prudente franchise et pleine liberté ;
Alors les cœurs ouverts et l'esprit qui pétille,
Présentent le tableau d'une heureuse famille.

Après tant de hauts faits je puis bien m'admirer
Et quand je vais en ville un peu mieux me parer.

J'ai donc, pour cet usage, une assez grande glace
Où chacun peut aussi feindre quelque grimace;
Se donner l'air joyeux, érudit, opulent,
Grâcieux, vif, bon, doux, sensible, galant;
Que sais-je?... C'est en vain qu'ainsi l'on se compose:
Le vrai détruit le faux de la métamorphose.

Sur ce point écoutez un arrêt sans appel :
Jamais l'air emprunté ne vaut le naturel.

Un rusé se déguise, un plus fin le démasque.
Laissons au carnaval les faux airs et le masque.

Un secrétaire usé, néanmoins suffisant
Pour serrer mes papiers, mon sac agonisant,
Sans parler de la case où passe ma monnaie.
(Encor faut-il payer les gens que l'on emploie.)

Dix chaises de trente ans, dont la caducité
Peut devenir funeste à quelque obésité.

Un bureau littéraire, où cinq à six volumes
Se présentent à moi quand j'apprête mes plumes;
Où de nombreux brouillons, péniblement tracés,
Paraissent en désordre aux yeux embarrassés.

Un poële de *Loulans*[1] qui rend ma chambre chaude.
Je dois à ce sujet deux mots à l'ami *Laude.* [2]

Ce meuble est de bon goût, mais il est trop léger;
Son feu trop fugitif n'est qu'un bien passager.

---

(1) Loulans est une forge de la Haute-Saône où l'on fabrique de
la sablerie.

(1) Laude est le marchand de fer qui m'a vendu ce poële.

7

Nous aimons des Comtois soutenir l'industrie,
Exalter son travail, surtout *la sablerie;*
Mais pourquoi fabriquer de si minces fourneaux?
Qu'on pense à l'épaisseur en faisant les nouveaux!

Ne livrons pas au feu d'imprudentes batailles,
Et s'il est prisonnier, que de fortes murailles
Entourent sa prison : aimant la liberté,
Il devient furieux dans la captivité.
Sous ses fers il pétille, et transporté d'ardeur,
Il les brise, il s'échappe, et périt de fureur.

« Ah! Monsieur le rimeur, il est aisé de dire,
» De brouiller du papier, de fronder, de médire;
» Mais si le poële est lourd, son prix est lourd aussi;
» A la petite bourse on se conforme ici.
» Vous fûtes commerçant, vous savez qu'il faut vendre:
» Sur ce point les rivaux ne veulent pas s'entendre.
» Le bon n'est pas couru; nous aimons le débit;
» Disciples de *Plutus,* nous visons au profit. »

Je vous entends; eh bien, que *Gauthier,* que *Galaire,*
Les *Derosne,* les *Blum,*[1] soulagent la misère,

(1) Les quatre principaux fabricans comtois de sablerie.

Dont l'unique fourneau, surtout, doit être fort.
Dans son calcul étroit votre économe a tort :
Bientôt son fol achat deviendra du *bocage;* [1]
Au lieu d'un bénéfice il aura du dommage.
Le magasin se vide, oui, le poële est vendu,
Mais le fond de la bourse est à peu près perdu.
Au bout de quelques jours, la pratique alarmée,
Sent trop que son argent s'évapore en fumée.

Artifice nouveau, ce dangereux pétard
En éclats meurtriers se change tôt ou tard.

C'est ainsi que *Pluton,* embrâsant ses entrailles,
Prépare au genre humain de funestes mitrailles,
Et, d'une troupe borgne animant les travaux,
Sur le pauvre vomit ses présens infernaux.

Un soufflet catarreux, tout prêt à rendre l'âme.
Il suffoque.... Comment voulez-vous qu'il enflamme?
N'ayant plus de poumons, il ne peut aspirer;
Se mouvant sans effet, on le voit expirer.

(1) Rebut de fer et de fonte.

Gisent près du défunt la pelle et les pincettes,
Dont une vieille rouille a doré les baguettes.
Bientôt changeant de place, on les trouve parfois
Sous un chambranle gris, bien marbré, mais *de bois.*

Sur le marbre menteur une glace tachée.
On n'en voit que le cadre, elle est presque cachée.
Six oranges du cru, bonnes à regarder,
Douze poires qu'on offre à ceux qu'on veut frauder.

Cette fraude, au surplus, n'est qu'un pur badinage ;
Il est assez plaisant qu'une courge sauvage
Prétende, avec orgueil, compléter un dessert,
Remplacer sous la dent le juteux *sucré vert.*

Six tasses de *Pékin* couvertes de poussière ;
Un sucrier garni de la même matière.

Un chandelier de fer, dont l'antique miroir
Reflète les rayons qu'on éteint chaque soir ;
Non plus comme jadis : la nouvelle méthode
Veut que les *éteignoirs* ne soient plus à la mode.
Les mouchettes sont là, ce seul moyen suffit :
On tranche le coton, hardiment ; tout finit. [1]

(1) Allusion à la légéreté avec laquelle on tranche les hautes ques-
tions de morale et de politique.

Cependant, par un point, cette méthode pèche :
Quand on veut rallumer, on ne voit plus la mèche,
Sans parler des brouillards qui ne sont pas flatteurs,
Exhalés d'un mourant à fétides odeurs.

Un grand coffre longtemps utile à la boutique,
Contenait les objets que voulait la pratique ;
En regrettant la ville, il gémit sur son sort,
Il se croit exilé, sans avoir aucun tort.
Malgré lui, maintenant, il garnit ma cellule ;
Comme moi, mon cher coffre, avale la pilule !
Changement de fortune et changement de lieux,
Ce n'est rien ! on ne voit que cela sous les cieux.
C'était écrit là-haut, comme a dit un compère ; [1]
Soyons fiers : des vertus le courage est le père.

Un autre coffre long, en forme de cercueil,
S'étend ; ne croyez pas qu'il attriste mon œil ;
Il professe chez moi saine philosophie,
Il me dit chaque jour : « Profite de la vie,

(1) Le *Compère Mathieu,* roman philosophique.

» Passe-la sagement, et quand de ton destin

» La parque et ses ciseaux auront marqué la fin,

» Que l'on dise de toi : il fut bon, il fut juste,

» Il aima les humains, et, ce qu'il crut *auguste,*

» Souffrit ses ennemis, ainsi que ses rivaux;

» Il ne vit dans les grands que d'illustres égaux.

» Du sot orgueil, souvent, il plaignit l'insolence ;

» Toujours le malheureux connut sa bienfaisance.

» Ami de son pays, il observa les lois

» Franchement, sans juger les peuples ni les rois. »

Ainsi prêche un muet, ce n'est pas une fable;
Venez tous aux leçons du coffre raisonnable !

UNE armoire en sapin, avec triple battant,

Contient tous mes effets, qui n'ont rien d'éclatant.

J'endosse volontiers le rustique costume;

Au droguet, au sarrau déjà je m'accoutume;

Le commode sabot remplace l'escarpin,

Je décore mes pieds d'une peau de lapin.

Au temps chaud j'ai recours à la *Napolitaine,*

Si ce nom vous effraie, à la *Circassienne.* [1]

(1) Ces mots *napolitaine* et *circassienne* sont les noms que le commerce donne à certaines étoffes légères.

Laissant, mangés des vers, tous mes pimpans habits,
La soie et le velours sont ici des proscrits.
Le chapeau qui me couvre est de paille légère,
Tel que le porte aux champs la gentille bergère ;
Je mets, comme elle, au cou ma cravate en *sautoir*,
Mais craignant l'air trop frais, je la serre le soir.

Bref, ma mise, analogue à la température,
Hait le luxe, la gêne, évite la parure,
Si ce n'est certains cas ; je ne veux rien de fin ;
Mon dernier vêtement ne sera qu'en sapin.

Quatre rayons épars, à mes besoins fidèles,
Etalent sous ma main les choses usuelles :
La tenaille, les clous, mon valet, mes marteaux,
Mes serpettes, ma lime et mes divers ciseaux,
Mon niveau, mon compas, ma scie et ma truelle,
Enfin tous les outils que le besoin appelle
En maison isolée, et dont, à chaque instant,
L'usage est nécessaire au soigneux habitant.

(Aussi, je peux vous dire, entre deux parenthèses,
Qu'avec tout ouvrier je peux soutenir thèses.)

Voisines des outils, trois boîtes de santé
Pour nous maintenir sains ont leur utilité;
Nécessaire par fois, commode pharmacie,
Où la plante indigène a la suprématie.
Ce produit des coteaux, des jardins et des bois,
Me dispense de frais chez *Barbier*, chez *Valois*. [1]

Pavots, graine de lin, absinthe, chicorée,
Le genièvre, le miel, l'amère centaurée,
Citrons, pariétaire et la fleur de sureau,
Turquette, véronique et le calmant gruau,
Le vulnéraire suisse, anis, feuilles de rose,
Bardane, bouillon blanc, camomille, buglose,
La sauge, le tilleul, le chaud coquelicot,
Violette, guimauve et le doux mélilot,
Les quatre fleurs, fraisier, la menthe et la mélisse,
Enfin pour terminer, le chiendent, la réglisse.

De mes provisions voilà l'assortiment,
Dont je ne fais emploi qu'avec discernement.

Ayez pareils cornets en économe et sage,
Ouvrez-les à propos, n'ayez pas davantage;

(1) Deux pharmaciens réputés à Vesoul.

Si ce n'est *vespetro, cassis* et l'eau *de noix,*
Car voici la maxime; elle est d'assez grand poids :
« Il faut que les humeurs, dans leur jeu toujours libre,
» Soutiennent la santé dans un juste équilibre. »

En tout ayez grand soin d'éviter les excès,
D'éteindre un mal léger, d'empêcher ses progrès.
Aimez, pour vous distraire, en votre humeur chagrine,
L'aimable médecin, mais non la médecine.
Redoutez l'empirique adroit à friponner,
Qui, loin de vous guérir, peut vous empoisonner.
A propos de docteurs, faites un choix propice;
J'en recommande deux, *la gaîté, l'exercice.*

Dans l'un des quatre coins, par son demi-contour,
La petite encoignure est utile à son tour.
Quand, au lieu de gluaux, je préfère la foudre
Pour le menu gibier, là je trouve ma poudre
Avec le plomb cruel, et tous les instrumens
Destinés aux besoins de mes amusemens.

Sous mes yeux toujours prête est une longue vue
Propre à déconcerter une fine entrevue.

Le jaloux Cupidon veut lui faire un procès;
Alors on la verra plaider avec succès,
Soutenir que l'amour caché dans les feuillages
Est rarement celui qui fait les mariages;
Que tout acte important exige des témoins,
Que l'amour n'en veut qu'un, qu'il en faut quatre au moins;
Qu'elle est un meuble utile, empêchant la maraude
Des raisins, des fagots, en un mot toute fraude.
En effet, de grand jour, les jeunes libertins
Se livreraient, sans elle, aux plus hardis larcins;
Car ils disent entre eux, posant une vedette :
Surveillons bien le garde, encor plus *la lorgnette!*

Quatre crochets de bois portent quelques habits,
De plus un sac de chasse avec mes deux fusils,
Qui n'ont jamais connu les chances des batailles,
Ne sont que la terreur des petites volailles.
Un sabre, un pistolet, par leur virginité,
Attestent que je suis en paix, en sûreté.

Un violon au clou, toujours veuf d'un corde,
Vit avec son archet en *parfaite concorde.*

Ma flûte droite et douce, avec mes flageolets,
Bravent ici l'aigreur des importuns sifflets.

Avec ces instrumens j'ai droit incontestable
A célébrer *Cécile*, en partageant sa table.
Avec eux je distrais les brûlans moissonneurs ;
En automne à leur son dansent les vendangeurs.
Le rocher retentit de mes accords antiques.
Si je donne des bals, ils sont économiques ;
Seul je forme l'orchestre au salon aérien,
(Point de cacophonie avec un musicien).

Errent de tous côtés mes diverses chaussures,
Mes sarraus, mes bonnets, et toutes mes coëffures,
Mes vestes, mes gilets et d'autres rogatons,
Mon fouet, mon parapluie, ainsi que mes bâtons.

Un seul pan de rideau recouvre ma fenêtre,
Il est blanc quelquefois, et ressarci peut-être ;
Peu m'importe, pourvu que, par un demi-jour,
Eclairant à midi mon modeste séjour,
Aux grands feux du soleil il soit un frais obstacle,
Qu'il me serve, à mon gré, de toile de spectacle,

En m'offrant les beautés de la belle saison,
Les nombreux changemens de mon riche horison.

Ne craignez pas l'oubli de ma bibliothèque;
Sur elle, fréquemment, j'inscris une hypothèque.

La lecture distrait, elle amuse, elle instruit;
Il faut du pain au corps, des livres à l'esprit.
Lisons donc et beaucoup pour le plaisir d'apprendre,
Ecartant tout ouvrage où l'on peut trop reprendre.

Calcul, géométrie, et la religion,
La sainte vérité, la superstition,
Histoire, médecine et la philosophie,
Belles-lettres, morale, enfin la poésie,
Sans compter le théâtre et les divers journaux
Traitant la politique, et les romans nouveaux.
J'ai de tout en petit, selon ma faible aisance;
Mais des amis pourvus j'éprouve l'obligeance.

Châteaubriant, Pascal, l'éloquent Massillon,
Raynal et Bossuet, Racine et Crébillon,
Tite-Live, Tissot, Laharpe, Labruyère,
Horace, Cicéron, Vertot, Lacroix, Molière,

Delille, Florian, et le rêveur Rousseau,
La Fontaine, Bernis, le puriste Boileau,
Son émule Berchoux qui connaît l'art de plaire,
Et l'aigle de Ferney, cet immortel Voltaire.

Serrés sur quatre rangs, ces grands maîtres fameux
Vivent en bons voisins; je suis bien avec eux.
Ils sont mes conseillers ainsi que mes modèles;
Mais, hélas! à mes vœux les destins infidèles
Me laissent au-dessous; voulant les imiter,
Mon esprit trop étroit ne peut que fureter.

Comme on voit, je n'ai pas la bizarre manie
D'être seul, car je suis en bonne compagnie.
Dans les cercles du jour on est souvent discord:
Avec elle, soumis, je demeure d'accord;
Nous discutons en paix, avec persévérance,
Pour atteindre *le vrai*.... Vive la tolérance!

Achevons mon sujet, car je n'ai pas tout dit;
Il ne me reste plus qu'à décrire mon lit.
C'est un point important dans le cours de la vie,
Dont le sommeil emporte une bonne partie.

J'ai donc soigné ce point : quatre à cinq matelas
Fréquemment rebattus ne sont pas des grabats ;
En matière élastique abonde la futaine,
Je fais gémir le crin, et la plume, et la laine,
Sans compter, pour l'hiver, le léger édredon ;
Et des menus détails je vous fais l'abandon.

Ce qui paraît chétif c'est la vieille couchette ;
Qui fut peinte jadis, mais qui n'est plus très-nette.
Les rideaux sont mesquins, en coton rouille et bleu :
Bien d'autres en feraient les honneurs de leur feu ;
Une table de nuit, sa cuvette et son vase
Ne valent pas un vers, et pas même une phrase.

Au demeurant, ce lit dont j'ai fait l'examen,
Dès longtemps est privé des faveurs de l'hymen ;
De ces privations il a fait habitude,
Il partage avec moi ma chaste solitude.
Pour voisins je n'ai plus de gentils cotillons :
Prononcez sur mes mœurs par ces échantillons.
Je suis sage.... Au surplus, les hommes de mon âge...
Ne m'en demandez pas, s'il vous plaît, davantage.

O vous qui pouvez tout, rendez-moi le pouvoir
De mon âge viril : vous n'avez qu'à vouloir ;

Ou bien que mes désirs, par vos lois éternelles,
S'éteignent quand je perds mes facultés mortelles!

Respirez librement, trop complaisant lecteur;
Bâillez, étendez-vous : vous avez le bonheur
D'être à la fin d'un livre ennuyeux, somnifère.
Ah! fi donc, dites-vous, comment ose-t-on faire
Un ouvrage pareil, abuser de nos yeux,
Et profaner ainsi le langage des dieux?.
Traiter pareils sujets, leur prêter l'importance
D'un poëme! Vraiment, c'est un trait de démence!
Halte-là! voulez-vous gronder si fortement?
Je vais amplifier mon avertissement.

Hélas! j'aurai bientôt atteint mes treize lustres;
Sans prétendre aux honneurs des poëtes illustres,

J'ai promis un voyage au mont de l'Hélicon ;
M'en voilà de retour ; je ne suis pas gascon.
Revenant de si loin, je dois quelques nouvelles,
Surtout à mes amis ; les voici telles quelles :

Haletant, fatigué, j'arrive sur les bords
D'une fontaine claire, et j'entends des accords
Bruyans, harmonieux ; un écho les répète.
Dans mon enchantement, mon extase est complète.
Vient boire l'animal qu'on a divinisé,
Je veux dire *Pégase.* Alors bien avisé,
De nos fins courtisans adoptant la manière,
Je lui fais en *ces mots* ma très-humble prière :

« Noble sang de *Méduse*, illustre descendant
» Du valeureux *Persée* et son seul confident,
» Pour d'un monstre marin délivrer *Andromède ;*
» Ses fers furent brisés, mais ce fut par ton aide.
» Avec Bellérophon tu partageas l'honneur
» De battre *la Chimère* et de vaincre *l'Erreur.*
» Naissant, ton pied nerveux, enfoncé dans l'arène,
» Fit jaillir dans les airs les eaux de l'Hippocrène ;
» Enfin de tes exploits tu remplis l'univers ;
» Qui te monte, dit-on, peut faire de bons vers.

» Je ne suis qu'aspirant, inconnu du Parnasse;
» J'y demande, à genoux, une modeste place.
» Accueille d'un vieillard les hommages, les vœux !
» Reçois un cavalier faible et respectueux ! »

J'ai dit. Le quadrupède, à mes desirs propice,
S'avance doucement; sur son dos je me glisse;
Il part, je le caresse; allant d'abord au pas,
J'écarte mes talons pour qu'il ne bronche pas;
S'animant, il traverse une innombrable foule
De pèlerins jaloux, qu'il culbute ou refoule;
Il me conduit partout, et, docile à ma voix,
Des danses, des concerts il me donne le choix.
Ses ailes s'agitant, il en bat, il les guinde,
Parcourt *Piérius*, l'*Hélicon* et le *Pinde*;
Dans un bal animé je compte les neuf sœurs;
Leurs regards bienveillans promettent neuf faveurs.

Nous arrivons enfin au portique du temple
Où le suprême maître aime qu'on le contemple;
J'apprête mon offrande, et je suis introduit.
A peine puis-je croire aux douceurs qu'on me dit.
Tout timide et tremblant, j'avance, je salue;
Quand on lit mon poëme, on voit trop que je sue.

8

Apollon, souriant à mes faibles essais,
Me dit : « Rassure-toi, ne me crains donc jamais.
» Je sais qu'en tes loisirs tu chantes, tu t'amuses,
» Ta gaîté, ta candeur divertissent nos muses.
» Ton esprit pour le grand est trop évaporé,
» Le souffle froid de l'âge éteint le feu sacré;
» Tu ne dois essayer que le travail facile,
» L'églogue, la chanson, l'élégie et l'idylle ;
» Comme le papillon, sur tout sujet léger,
» Badinant avec grâce, il te faut voltiger;
» Censure finement, ne désigne personne,
» Ne nomme que le vice, il faut qu'on le chansonne;
» Surtout de l'épigramme évite les écueils
» Où la haine rugit et remplit les cercueils.
» Pour le genre élevé qui demande l'enflure,
» Ne vas pas vainement te mettre à la torture.
» Laisse la politique, elle offre des dangers;
» J'ai gardé les troupeaux, chante-moi les bergers !
» Si tu me fais la cour, tentant une prouesse,
» Ne viens pas te noyer dans les flots du Permesse. »

Il dit. Alors d'un signe il m'adresse un *adieu.*
Ah! pour être indulgent parlez-moi donc d'un Dieu !

Je retrouve *Pégase*, il m'attend à la porte;
Aux confins des vallons soudain il me reporte.

Aux eaux de l'Hippocrène il me fait rafraîchir ;
Je pars, et me voici.... J'ai de quoi réfléchir.

Que pensez-vous, censeurs, de ce hardi voyage ?
Aigris, dans votre humeur vous persistez, je gage.
Eh bien ! quoique flatté des oracles divins,
Humblement je recours à vos conseils humains ;
Aidez-moi ! L'on verra couler mes vers plus vîte,
Ma lyre plus d'accord, ma muse plus instruite.
Si mes efforts sont vains, point de causticité ;
Qu'on brise mes pinceaux, qu'on les jette au *Léthé*.

TABLE
DES MATIÈRES.

—◆◆◆—

CHANT PREMIER.

CHANT DEUXIÈME.

CHANT TROISIÈME.

ERRATA.

PAGE 40, *Lisez :* De l'illustre *Moïse* et connu du canton.

PAGE 43, *Lisez :*

> Voici, dès le matin, très-vif et très-habile,
> L'homme au petit bâton, et son recors agile.